奇跡のタッチ

デビット・ゾペティ
David Zoppetti

リベラル社

面においても極めて日本的な暮らし方をしながら、一風変わった仕事をしている。彼は複雑な経過を辿って、ちょうど五十歳になった時に新しい商売を生業にし、その職場で神秘的とも魔術的とも言うべき業をなすようになった。

この後に続く長い物語はそれらの出来事を緻密に綴った記録である。

海洋冒険に例えれば、途中まで海が退屈とも言えるほど凪いでいるが、忘れた頃には大きな嵐が立て続けに起きる。

第一章

秋の爽やかな昼下がり――。

商店街を多くの人が行き交っていたが、オープンしてからまだ一ヵ月しか経っていないブナの店を訪れる客は少なかった。三連休の中日ともなれば、皆はきっと揃ってお出かけだろう。足もみになんか、足が向かない。それでも諦めずに、ブナは連休最終日に望みをかけて店頭でチラシを配っていた。

大抵の人に対して「只今リフレクソロジーのお試しコースをご案内しております」と声をかけたが、一定の年齢を超えると「リフレクソロジー」という言葉が通じず、彼は無難に「足もみのお試しコース」という表現を使った。しかし、「リフレクソロジー」と言っても、「足もみ」に切り替えても、大差はなかった。

休日の商店街をぶらぶらする大多数の通行人は、白いズボンに渋いネイビブルーの半袖の施術着を着た黒人が日本語で話しかけてくることの意味がまるで理解できなかった。

ブナは身長百七十二センチと決して威圧的な体格ではないが、日本人とは明らかに違うココア色の肌のせいか、露骨に避ける人は少なくなかった。セネガル人が東京の庶民的な商店街で実際に足の施術を行っているということをイメージできず、多くの人は単にチラシ配りに雇われているだけだろうと見て、よもや店主だとは考えなかった。

台湾で生まれた生竹《しょうちく》療法のプロの資格を取得した時、ブナは千人の足を揉んでから独立開業しようと決めた。最初は生竹療法の直営店で働き、地道に修行を積んだが、千人という目標を達成するのに、店の客だけではなく、家族や知り合いの足まで借りて、二年と五ヵ月を要した。

辛うじて「足の上にも三年」とはならなかったとよく冗談で言った。

次第に存在が認められ、直営店で人気者になった。明るい人柄、誠実で謙虚な態度、流暢な日本語、医学の知識や丁寧な施術が相俟って、「次回もブナさんでお願いします」と指名してくれる客は多く、そのうちの何人かが新しい店に一緒に移ってくれたが、それを除けばまだ苦戦していた。

商店街ではいつも「ぞうさん」や「この道」や「里の秋」といった昭和の童謡が繰り返しスピーカーから鳴り響いていた。日本的情緒と言えば聞こえはいいが、ブナとしてはもう少し時代に合った、活気づくような選曲を望みたかった。

さらに言えば、店では洒落たジャズや癒し系の音楽を流していたが、入口に暖簾をかけるこの季節、表の音楽と店内のＢＧＭがぶつかり合い、落ち着かぬ不協和音を生み出していた。

屋号は故郷セネガルにちなんで、「足のオアシス」にした。

セネガルには砂漠はロンブールという場所が一つあるだけ。しかも子供の頃に一度訪れた記憶ではそこにオアシスはなかったが、イメージとしてしっくりくる気がして、開店前からそれに決めていた。そして開業してみたら、客にとって親しみやすい名前であることが判明した。アフリカ人が営む店が「オアシス」だと、心理的には受け入れられやすい。

使いようによっては先入観もいい結果を生み出したりするものだ。

しかしこれはあくまで店内に入ってくれる客に当てはまる話であって、この十月中旬の午後、通行人はなかなかブナが渡そうとするチラシを受け取ってくれなかった。半ば諦めて少し休憩しようと思った、その時だった。

加藤由紀子はぼんやりと突っ立っているブナに近づき、

「チラシを下さい」ときっぱりした声で言った。

「ありがとうございます。初回は半額で施術を受けられますよ」とフォローしながら、ブナは彼女に丁寧に一枚手渡した。

加藤由紀子はその場でチラシを集中した表情で読み、

「これは偏頭痛にも効きますか」と尋ねた。

ブナは白い歯を見せた。「偏頭痛の改善例はたくさんありますよ」

加藤由紀子は思い立ったが吉日と言わんばかりに、「今から体験できますか」と聞いた。

ブナは嬉しくて、「もちろんです。どうぞ中へお入り下さい」と案内した。

新規の客はまず、初回のアンケートを記入する。店に入って左手の小さな木の机の上の、ガーベラなどの生花が咲いている花瓶の隣に置かれた用紙に、個人情報や健康状態や心身の不調を書いてもらう。ブナにとっては施術の大事な参考になる。

加藤由紀子がボールペンを走らせている間、ブナは準備に取りかかった。目立たないようBGMを流し、足浴機の電源を入れる。超軽量の洒落たチタンカップに白湯を注ぎ、胸にさり気なく手を当てながら精神統一した。

いつもの小さな儀式だ。

「はい、終わりました」と加藤由紀子は告げた。

ブナは床に片膝をつき、客より低い姿勢でアンケートに目を通した。加藤由紀子、二十八歳、会社員、住所は近場だった。主訴は偏頭痛の他、眼精疲労、肩のこり、足の冷え、生理痛とPMSとあった。ブナは落ち着いた口調で言った。

「これらの症状は生竹療法が得意とするものばかりです。安心してお任せ下さい」

加藤由紀子はブナを半信半疑の目で見つめ返したが、彼は構わず、勢いよく続けた。

「本日は足裏から膝上まで施術しますので、まず半ズボンに着替えて頂きます」

言いながら、相手を半ズボンが用意されている更衣コーナーへ通し、仕切りのカーテンを閉めた。三分もしないうちに加藤由紀子は青い半ズボンを穿き、再び姿を見せた。ここでスムーズな対応が肝心だ。ブナは間を置かずに足浴機へ案内し、椅子に座らせて両足をお湯に入れてもらい、泡立ちのスイッチを押した。

「マイナスイオンのフットバスで足を温めてから施術に移りますね」

「気持ちいい……」と加藤由紀子は呟いた。

ブナは再び彼女の横で片膝をつき、イラスト入りの一枚紙を手に切り出した。

「足浴の間、生竹療法について簡単に説明させて頂きます」

加藤由紀子は店の前で見せたのと同じ素直さで頷いた。

「よろしくお願いします」

「両足の裏や、内側と外側の側面、足の甲とふくらはぎに七十二の反射区《はんしゃく》と呼ばれる箇所があります。この反射区とは、体の各部位や器官や臓器に繋がる末梢神経が集中する箇所です。生竹療法ではこれらの箇所を揉むことによって体の不調を直したり、体調を整えたりします。大変優れた効果がありますが、それをさらに高めるためには継続とセルフケア、つまり自分で自分の足を揉んで頂くことが前提になります」

ブナが一気にそこまで話すと、由紀子は微かな混乱に襲われた。説明の内容、さらに年齢不詳の黒人が日本語ですらすらと捲し立てることに対しての混乱でもあった。いつもの反応だ。ブナは少し時間を置いてから、ゆっくりと説明を再開した。

「生竹療法の主な効果ですが、まず血液循環と新陳代謝をよくします。それから各器官や臓器の働きの活性化にも繋がります。また体が持っている自然な治癒力と免疫力を高め、ホルモンのバランスを整えます。リラクゼーション効果も抜群ですよ。それに足に溜まっている老廃物や毒素のデトックス効果もあります」

由紀子は恐る恐る、「あの……、痛いですか」と聞いた。

安心感を与える好機を逃すまいと、ブナは真心を込めて答えた。

「痛ければ効く、という考え方は基本的にはしていません。症状によっては強揉みが好ましい場合もありますが、痛気持ちいいがちょうどいいですね」

ブナは、イエスが弟子たちの足を洗った時のような姿勢で由紀子の足をタオルで丁寧に拭いてから施術のリクライニングチェアに誘導した。両足をオットマンに乗せ、体に柔らかいタオルケットをかけてから、背凭れをゆっくり倒した。

ようやく居心地よい巣に辿り着いたリスのような心持ちになったのか、由紀子は顔に安堵の表情を浮かべた。

「横のスタンドにお白湯を用意しましたので、デトックス効果を高めるために時々召し上がって下さいね。それから、これは反射区図表というものですが、私がどの反射区を押して、どういう効き目があるのかを少し勉強して頂きたいと思います。後半の方で眠くなったら、ゆっくり休んで頂いて結構です」

右足にタオルを巻き、左足に滑りをよくするバームを塗りながら、ブナはこれからが勝負だと思った。左足を施術する間に足もみの素晴らしさを納得してもらいたいが、施術を受ける側にとっては三十分の覚醒が限界だ。

というのも、足もみは無条件に気持ちがいい。特にブナの施術は極楽と評すべきものだ。彼に揉まれると血行がよくなり、体の芯が温まって、副交感神経が優位になるため、大抵の客は途中から熟睡してしまう。

ところが片方の足が終わる前に眠らせてしまえば、ブナの負けだ。大事なことが伝わらない。

ブナは自分の手の動きに合わせて、各器官や臓器の働き、各々の反射区の適応症状について説明した。

指先にある副鼻腔《ふくびくう》の反射区を押すと、蓄膿症《ちくのうしょう》や花粉症や物忘れに効くと言うと、加藤由紀子は楽しそうに笑った。

親指の真ん中にある脳下垂体《のうかすいたい》を刺激すると、精神的にやる気が出ると説明すると、彼女は「へえ」と感心してみせた。

気持ちがそわそわした時に土踏まずに広がる腹腔神経叢《ふくくうしんけいそう》を揉めば情緒が安定して、眠りも深くなると教えると、「それはいいですね」と反応した。

そしていきなり尋ねた。

「あの、お名前はブナさんですよね。ブナさんはそもそもなぜ日本に来たんですか。なぜこんな難しい医学用語をたくさん知っているんですか」

ブナは微笑みつつ、〈来た！〉、と思った。

店のチラシには簡潔な自己紹介は載っているが、平均的な好奇心の持ち主であればそれだけでは到底満足が行かず、初回の施術は生竹療法の説明に終わることなく、ブナの経歴もコースに含まれているようなものだ。

人様と異なった人生を歩む者は、必ずその分の情報提供を求められる。

要点を絞って、ブナは答えた。

「私はセネガルの首都、ダカールのずっと北部にあるサンルイという町で生まれ育ちました。ダカール大学を卒業した後、日本語と日本文化を勉強するための奨学金制度が、パリのラングゾーと呼ばれる東洋言語文化大学にあるというのをたまたま知って、面白そうだったので応募してみたら、なんと選ばれました。それが縁で飯田橋にあるミッション・スクールにフランス語教師として就職することになりました。二十五年も前のことですけどね」

「へえ、私とほとんど同じくらい日本にいるんですね」と由紀子は指摘した。

それには答えず、ブナは続けた。

「リフレクソロジーとは台湾で出会って、日本に戻ってからプロの資格を取りました。全部日本語で学んだので、今こうして日本語で説明できるわけです。因みに、こんな専門的な話は、セネガルの公用語であるフランス語でも、共通語であるウォロフ語でもまずできないと思いますよ」

直営店時代も含めると、優に数百回繰り返した身の上話だ。

「そういうものですか。すごいですね」

会話が盛り上がったのは、そこまでだ。

右足を揉み始めて五分もしないうちに、加藤由紀子は深い眠りに落ちた。ただ目を瞑っているだけではない。ノンレム睡眠が訪れ、身体のそこかしこが小さくピクピク痙攣し、次に規則正しい寝息を立て始めた。

いつものパターンだ。

暖簾の外側から商店街に流れる「春の小川」が入ってきて、フジ子・ヘミングが奏でるリストの「春の夜」と柔らかくバトルした。セネガル人が台湾式足もみのBGMにフジ子・ヘミングを流すのも妙な組み合わせだが、ブナは彼女の演奏が昔から好きだった。

第二章

独立開業したちょうど十年前に、ブナは台湾へ観光旅行に出かけた。

妻の幸子とそれまでマレーシア、ベトナムや韓国などを旅行したことはあったが、なぜか、日本に最も近いこの国を訪れる機会には恵まれず、なんとなくそれではいけないと思ったブナは、学校の春休みを利用して訪ねてみることにしたのだ。

幸子は仕事を休むことができず、一人で出かけたが、それはとりわけ珍しいことではなかった。子供がいない気楽さも手伝って、ブナと幸子はお互いに相手の自由を最大限に尊重し合っていた。

台北市内には昼過ぎに着き、ホテルに一旦荷物を預けた。その後、お目当ての場所へ向かった。噂に聞いていた台湾式の足もみだ。一度体験してみたかったが、観光客向けの店は避けたかった。

ホテルのフロントのスタッフが穴場として紹介してくれた店を選んだ。

そこは店構えは立派だったが、時間がまだ早いせいか、客は一人もいなかった。一抹の不安を覚えたが、幸い、受付の女性に難しい説明をする必要はなかった。足もみ専門店に現れる客の要望は容易に見当がつくものだ。

歯医者や法律事務所とはわけが違う。

まず日本の銭湯のように蛇口と桶が並んでいる風呂場へ案内された。足を洗ってからスリッパを履くよう指示された。次に通された施術室は実に豪華だった。案内されるまま、ブナは外側が大理石、内側が革張りの高い椅子に座り、オットマンに足を載せた。

スレンダーな身体に白衣を纏った施術者が現れた時、ブナは一層有頂天になった。年齢は二十五歳くらいだろうか。飛び切りの美人だ。そんな人を目にしたら、誰だって喜ぶ。何もセネガル人が特別というわけではない。そんな若さと美貌を兼ね備えた女性が自分に究極の痛みを味わわせることになろうとは、当然、ブナは夢にも思わなかった。

受付の女性に一方的に日本語で話していたのを聞きつけたらしく、少し遅れて通訳のおばあさんが入ってきた。台湾で年配者がほぼ例外なく日本語を話せることを、その時初めて知った。

施術者の美女はブナの正面に立ち、元美女のおばあさんが隣の椅子に腰を下ろした。黒人の足を揉んだことがあるのか、そんな細かいことに無関心なのか、現役美人はブナの足が甲と裏とでは色が違うことに対しても特に驚きを示さず、しばらく観察してから足の裏に掌を丁寧に当てた。

肌の柔らかい感触はとても気持ちがよくて、来てよかった、とブナは改めて胸を躍らせたが、それも束の間、次の瞬間、目から火が出るような激痛が走った。いや、激痛という有り触れた言葉は適切ではない。何かの決定的な間違いとしか思えないような、この世のものではない圧倒的で凄まじい衝撃だった。ブナは飛び上がった。

「台湾の足もみは日本の指圧とは違って、ツボを押すのではなくて、反射区と呼ばれる箇所を狙います。それぞれの反射区を刺激することで体全体を健康にします」

隣にいるのに、通訳の声はとても遠くから聞こえた。しかも、これは刺激ではないとブナは思った。彼が知っている日本語の語彙に照らせば、明らかに拷問に近い。ものの数分で全身に汗をかき、息も心拍数も一気に上がった。

流れとしては極めて特徴的な揉み方だった。

施術者は足に視線を落とすことなく、ブナの目をじっと見て、瞳の奥に「次、行くわよ。いいわね」という妙に色っぽい輝きを浮かべてから次の反射区に指を食い込ませた。美しい目で見つめられた一瞬の動揺と、それに続く脳天が炸裂しそうな痛みがあまりにも対照的で、頭がおかしくなりそうだった。

足の裏、指を一本一本、足の甲、足首、ふくらはぎ、膝の裏までを万遍なく――容赦なく、と言うべきか――揉まれて一時間。施術がピタッと終わり、魔法はすぐに起きた。痛みの記憶は瞬時に消えて、足が信じられないほど軽い。汗をバケツ一杯分かいた体も、何かの錯覚のようにすっきりしている。ブナは座ったまま、完全に脱力し、名状しがたい浮遊感を味わった。

文字通り、宙に浮いているような、至福の放心状態――。

次に、施術者が下した診断を聞いて、耳を疑った。足を一時間、とても力強く、的確に揉んだだけで、彼女はブナの健康状態のみならず、生活習慣、食事の傾向、職業や性格まで見抜いていた。睡眠不足、脂っこいものが好き、消化器系が弱い、人に教える頭脳的な仕事をしている、根はのんびり屋だが意外と几帳面なところもある、等々、感心するほど、幾分恐ろしくなるほど、彼女の指摘は見事に的中していた。

第三章

日本に帰ると、ブナは台湾式足もみが受けられる店を探した。

インターネットで様々な情報は簡単に手に入ったが、台北のユニークな施術に叶わぬ可能性を恐れて、しばらくどこにも行かなかった。ところがある日、向こうから声がかかってきた。

通勤途中、いつも電車を乗り換える駅のホームに、それまで気づいたことのない看板が目に入った。

「当駅から徒歩五分、台湾本部公認足もみ専門学校及び直営店、生竹療法」

生竹と足もみの関連性は謎だったが、台湾本部公認、という謳い文句に強い説得力を感じたブナは、手帳に電話番号をメモした。

そして午後、授業の合間に電話をかけた。

「専門学校にご用でしょうか。それとも直営店の方でしょうか」という若い女性の声に、「後者の方でお願いします」と答えた。繋いでもらうと、その日の六時に空きがあるというので、即座に予約を入れた。

幸子に帰りが遅くなると連絡し、ブナはいつもの乗り換えの駅から店に向かった。「癒しの里」は、台北の豪華な治療院とは似ても似つかぬ店だった。施術の椅子は通販で手に入りそうなごく普通のリクライニングチェアだったし、担当してくれたスタッフも目の覚めるような美人ではなく、さしたる特徴もない中年女性だった。

結論から言うと、施術は――半分期待し、また半分恐れてもいた――目から火が出るような激痛を伴うものではなかった。しかし担当した女性はとても親切に反射区や体の仕組み、それにセルフケアの大切さについて説明してくれた。

ブナは、気持ちのいい指の圧に身を委ねながらそれを聞いていたが、いつの間にか深く眠ってしまった。それまで経験したことのない質の眠りだった。意識を失ったように身体が緩み、脳波活動も休んでいるはずなのに、足を触られている心地よい感覚だけをはっきり認識していた。快適な瞑想にも似た徹底した弛緩状態。

一時間の施術だったのに、眠りはもっと長く続いた感じがした。

やがて施術者はブナの両足を器用にゆらゆらと左右に揺らし、静かに動きを止めた。次の瞬間、「はい、お疲れ様でした。以上で終了となります」と言った。

現実の世界に戻るのに少し時間はかかったが、一旦覚醒すると、気分が驚くほどすっきりして、頭も冴え冴えとしていた。それに足だけではなく、全身が軽くなっていた。ブナはいたく感心した。

台湾に比べて、店内の趣は劣っていたし、担当者は現役美女ではなかったが、あの拷問のような痛みに耐える義務も必要もなく、これだけの清爽感が味わえるなら、これも悪くない。

いや、素晴らしいと思った。

第四章

その日から、ブナは何かに取り憑かれたように足もみの世界にのめり込んでいった。まず週に一回のペースで「癒しの里」に通うようになった。最初に担当した中年女性は澤田可奈といった。柔和な喋り方や、反射区を絶妙な力で的確に捉える爽やかなタッチが気に入って、毎回彼女を指名した。

二回目の時、店の小さな足もみグッズの販売コーナーで生竹療法に関する本を購入した。東洋医学と西洋リフレクソロジーを組み合せた生竹療法は奥が深く、発見の連続だった。それまで自分の健康に――どちらかと言えば――無頓着だったブナは、好奇心の塊と化した。

幸子はそんな彼を優しくからかった。

「変わった人ね、いきなりそんなに足もみに興味を抱くなんて。あれは本当に効くの？ その辺に転がっている怪しい民間療法じゃないの？ 医学的な根拠はあるの？」

「それが、体質改善や健康維持に抜群の効果があるみたいだし、サーモグラフィによる温度変化とか医学的にもエビデンスがちゃんとある。この本には、改善例がいろいろ載っている。ダイエットにも効くし、足のむくみも簡単に取れるから、幸ちゃんも受けてみたら？」

「私は昔からスタイルは変わらないし、足もむくんでいないからいい」

確かに、食生活に注意して定期的に運動もしているせいか、三十五歳になっても、幸子は二十代と言っても通用するような体形を保っていた。

「悪かった。幸ちゃんの場合はダイエットとかむくみは適切じゃないかも知れない。でも例えば、肩こりとか頭痛とか足の疲れを取る効果もすごいよ」

「そう？　だったらブナが私の足を揉んで」

「揉み方なんて分からないよ。ただ受けているだけだから」

四回目に「癒しの里」を訪れた時、さり気なく澤田可奈に妻と交わした会話について報告すると、彼女は好機到来と言わんばかりの勢いで情熱的に語り出した。

「ブナさん、私、前からセルフケアには是非とも取り組んで頂きたいと申し上げているでしょう。奥様が足を揉んで欲しいとおっしゃるなら、入門コースを受けてみるのはいかがですか。そうすれば一石二鳥ですよ」

「入門コース、ですか」

「はい、学校の方で三十時間、リフレクソロジーや体の仕組み、東洋医学の基礎知識を勉強すれば、本格的なセルフケアと対人施術が学べます。そうすれば自分の健康管理がきちんとできるし、ご家族の足も揉めるようになります」

「妻の足を揉んであげれば、少しは株が上がるのかな」とブナは軽口を叩いた。

翌日は土曜日だったが、台湾本部公認の学校は開いていると聞き、ブナは行ってみることにした。大して見映えのしない雑居ビルの三階にある教室に入ると、そこにいた二十人ほどの生徒やスタッフらしき人々が一斉に振り向いて、彼を驚きの眼差しで眺めたが、そういう反応には慣れていたので、構わず受付に直行した。

澤田可奈が前の晩に電話で事情を伝えてくれたため、手続きはスムーズに運んだ。書類の記入を済ませて、受講料を納めると、立派な教材キットを渡された。そこには教科書やＤＶＤ、反射区図表、バーム、木製の魔法棒なるものが入っていた。この楓《かえで》の棒について、ブナは澤田可奈から説明を受けていた。

一本の棒に太めの円錐状の歯が五本並び、丈夫な櫛《くし》を連想させるその道具は、握り易く、突起の部分を反射区に当てながら梃子の原理を用いて動かせば、最小の力で最大の効果が得られるとのことだった。

講座は一週間後に始まり、参加者は、ブナを含めて六人。

初めに全員が自己紹介した。

小学生の子供を持つ母親が二人。そのうち一人の息子はアトピーに苦しみ、もう一人の母親の娘は発育不全で、二人とも我が子の体の改善を目指して毎日足を揉んであげたいと切実な口調で言った。四十五歳の男性は、将来はプロの資格を取得するつもりらしく、しばらく知り合いのサロンを手伝いたいと受講動機を語った。残りの二人の五十代の女性は、それぞれ年老いた親の介護を担い、気晴らしと健康維持を目的に生竹療法の技術を学びたいのだということ。

最後に順番が回ったブナは、皆に比べて大して崇高な目標を持っていないことに気づいた。

強い好奇心があるだけだった。それを半ば詫びるような気持ちで彼は喋り出した。

「セネガル出身のブナ・ウンダイと申します。仕事は高校のフランス語講師をしています。先のことはまだ何も考えていませんが、サロンで施術を受けるうちに足もみに興味を持って、このコースに参加してみることにしました。よろしくお願いします」

淀みのない日本語に驚き、教室にいた全員が拍手した。

授業の前半は机を並べて、中村先生のホワイトボードでの説明を聞きながら、理論を勉強した。「脾臓《ひぞう》」や「膀胱《ぼうこう》」や「鼠径部《そけいぶ》」という難しい漢字が登場したり、「好転反応《こうてんはんのう》」「全息《ぜんそく》胚《はい》学説」や「陰陽平衡原理」という複雑な概念も出てきたが、ブナはめげずに頭脳をフル回転で働かせた。

難解ではあったが、同時に、すべてが新鮮でこの上なく刺激的だった。

後半は机を脇に寄せ、椅子に座って実技に移った。最初は魔法棒を使って、セルフケアを学んだ。靴下を脱ぎ、反射区を揉むテクニックを学ぶことになった時、ちょっとしたハプニングが起きた。ブナが指示通りに左足を右の太股に乗せて軽くバームを塗っていると、隣に座っていた介護組の一人が臆面もなく大声で質問を投げかけたのだ。

「ねえ、どうしてブナさんの足裏はこんなに色が白いの？」

ブナは苦笑した。

自分の掌と足の裏が話題になるのは初めてではない。プールや海水浴や温泉などに行けば、必ず誰かに何かを指摘されたが、正直なところ、ブナは肌の色の違いの正確な理由を知らなかった。皮膚を紫外線から守るメラニン色素と関係していることは分かっていたが、それ以上詳しく調べたことはなかった。

助け船を出してくれたのが、中村先生だった。

「皮膚科学と人類学と関連する現象です。人間の皮膚にはメラニン形成細胞という細胞があって、その名の通り、メラニン色素を作ります。このメラニン色素は黒褐色か黒色の肌を生み、光線の吸収に大いに役立ちます。皮膚癌をはじめとする様々な皮膚病を予防する抗紫外線効果があるわけです。アフリカ大陸は日照時間が長く、日照りも激しいため、先住民の皮膚は多くのメラニン色素に覆われて色が黒いのですが、太古の昔から掌と足の裏は基本的に太陽に晒されていないため、遺伝的にそこにはメラニン形成細胞が現れていないか、少ないのです。必要性がそもそもないのでね。だから色が薄いのです。そうですよね、ブナさん」

ブナは家でも、DVDを見ながらセルフケアの練習に勤しんだ。回数を重ねるうちに、段々とコツを掴み、足がポカポカして体調も少しずつよくなるのを実感した。

一方、対人施術に移ると、入門コースは飛躍的に面白くなった。

二人一組で向き合って椅子に座り、試行錯誤を重ねる。相手の足を素手で揉むので、指の当て方、反射区の見つけ方、圧のかけ方、呼吸と体重の使い方など戸惑うことも多かったが、揉み合いをしている時間は笑いが絶えず、楽しかった。

そして結局、中村先生の親切で明瞭な指導のおかげで、六人の参加者は幾つもの小さな困難を乗り越え、相手の両足を三十分で揉めるようになり、入門コースは無事終了した。全員「生竹療法入門コース終了証」を交付され、連絡先を交換し合った。そして介護の二人は再び介護の、男性はサロン手伝いの、母親たちは我が子のケアの日常へと帰っていった。ブナだけがピカピカの新しい修了証をどう活かすべきか、まるで分からなかった。

第五章

立川幸子は大学院で経済学の修士号を取得後、国連大学に就職した。

修士論文のテーマが西アフリカ諸国経済共同体だった関係で、最初からアフリカの経済発展研究グループに配属された。仕事の内容は多岐にわたり、各国の産業、天然資源、気候変動、政情や教育に関する情報を分析することもあれば、現地調査に派遣されることも、東京で各種イベントの主催に携わることもあった。

ブナがそんな彼女と知り合ったのは、西アフリカの文化を紹介するフェアがきっかけだった。彼女はセネガル大使館を通して、セネガルの伝統漁業について語れるセネガル人を探している、と電話でブナの職場に連絡してきたのだ。

突飛な話だった上、決して彼の専門分野ではなかったが、生まれ育った町のサンルイで伝統的な漁業が行われていたので、少しは話せるかも知れないと答えると、是非お目にかかりたいと幸子は興奮気味に言った。

二人はブナの学校の近くで打ち合わせを兼ねた軽いランチを共にした。

ブナは一瞬で恋に落ちた。幸子には「国連機関の職員」という肩書から想像していたレベルを遥かに超える愛嬌があり、さばさばした雰囲気を醸し出していた。きらきらと輝く瞳には知的な好奇心と底しれぬ優しさが同居しており、長身でスタイルも抜群によかった。

一方、幸子の目にもブナは魅力的に映った。純情な少年を思わせる大きくて茶色い瞳に、果てしなく柔和な表情。

話を交わし始めると、幸子がブナより西アフリカの実情に精通しており、逆にブナが幸子より日本文化に造詣が深いことが分かった。

「妙な組み合わせですね」

幸子の一言に、二人は笑い声を上げた。

セネガルは海の幸が豊富な国で、漁業は経済を支える基盤として重要な役割を担っている。近代的な大型漁船を利用した沖釣りもスポーツフィッシングも盛んだが、カヌーを使った伝統的な近海漁業が日常的に行われている。だから、カヌーは沿岸地帯の浜辺の原風景であり、「我らのカヌー」を意味するウォロフ語の「スヌガル」がそのまま国名セネガルの語源になったというほど国の文化に深く根づいている。

カヌーとは言うものの、長さ十五メートル、幅三メートルもある大きな船で、目を楽しませる色鮮やかな模様に彩られているのが特徴だ。投網を積み、それぞれ三、四人の漁師が乗った何百艘《そう》もの派手なカヌーが毎朝、砂浜を後にする。沖に出るには何かの錯覚のような高波を繰り返し越えていかなければならず、その都度、舳《へさき》は空を刺すように高く持ち上げられ、カヌー全体が危うく引っくり返りそうになる。

そして夕方、場合によっては翌日の朝、カヌーは一艘一艘と戻ってくる。夥しい量の魚介類が水揚げされ、市場へ運ばれていく。カヌーが出発する時も、戻ってくる時も、海辺には大勢の人が集まり、辺りは活気に包まれる。

ブナは、そんな故郷の町サンルイの風景を映像で見せながら、祖国の伝統漁業について国連大学のレセプションホールで熱く語った。一時間半の講演会に関係者は大いに満足し、幸子も鼻が高かった。

このイベントを機に、ブナと幸子は交際を始めた。初めての食事の時からそうだったように、二人は見事に補い合うものを持っていた。強く惹かれ合うのに時間はかからなかった。

幸子は、アフリカの鼓動をまさに皮膚感覚で理解した。片や、ブナは日本の映画や文学、建築や絵画や庭園に強い興味を持ち、落語を聴く趣味まで持っていた。だからデートは大抵、幸子の希望でアフリカ音楽かダンスのライブへ行くか、ブナの提案で寄席か美術館に足を運ぶかした。

毎回、寄席ではちょっとした波乱があった。まずブナのような黒人が落語会場に足を踏み入れると、舞踏会に間違って紛れ込んだユニフォーム姿の野球選手のような目立ち方をする。当然、落語家も気になるわけで、演目中に目が合ってしまうと、時々噛んでしまうのだ。

ブナは幸子と付き合ううちに、二つの事実を知ることとなった。

一つは幸子の性格の二面性だ。積極的かつ国際的な感覚を持つ反面、根っこの部分は古風だった。常にブナを立てるように気配りを見せ、自己主張も遠慮がちだった。

もうひとつは、端的に言って、相当な金持ちであるということだ。

より正確に言えば、国連大学の給料は平均的だったが、幸子の実家が裕福だった。彼女の父親、立川泰貴《たいき》は有名な建設会社の辣腕経営者で、世田谷区に豪邸を持っていた。両親と仲がよかった幸子は、働かなくても百五十歳まで悠々自適に暮らせるほどの経済的余裕があった。だが、本人はそんなことを鼻にかけることもなければ、親の金を当てにしている様子もなかった。

ブナは何度か幸子の自宅に招待されたが、幸子が大学時代からアフリカと深く関わっていたせいか、彼女の父親も、母親の多枝子も、兄の孝と理江夫婦も、黒人と交際していることに対して一度も否定的な態度を示すことはなかった。

人種についても、高校教師という職業についても、驚くほど偏見がなく、家族全員がブナに対して、寧ろ「日本通のセネガル人」として好感と敬意を表していた。来日してから時折差別に遭ってきた彼にとって、それは心温まる歓待だった。

父、泰貴が思いも寄らぬ提案を口にしたのは、二人が正式に婚約した直後だ。それまでブナと幸子はそれぞれのマンションに住んでいたが、泰貴は「夫婦になったら家の敷地内に別棟を建て、そこを新居にして欲しい」と言い出した。

ブナを気遣いながら彼はこう付け加えた。

「二人のプライバシーには一切干渉しないし、経済的な援助をさせてもらうつもりもありません。ただ、孝と理江も家の別館で同居していますから、是非この小さな共同体に加わって欲しいです。この国では核家族が圧倒的な割合を占めるようになりましたけど、考え方が古いと言われても、私は大勢で暮らした方が賑やかで幸せだと思っています」

あまりにも唐突かつ差し出がましいと思われそうな提案だったので、幸子はやや不安な気持ちでブナの顔色を窺ったが、気を悪くした風はなかった。

「セネガルは逆に大家族が圧倒的に多い国です。僕自身もそういう環境で育ちました。幸子も賛成なら、今のご提案に少しも抵抗は感じません。嬉しいお話です。アフリカ人の感覚でも、大家族は賑やかでいいですよ」

両者の意見が一致した結果、どうなったのか。結論から言えば、泰貴の目論見は半分成功し、半分失敗に終わったと言える。

泰貴の狙い通りだったことと言えば——。

ブナと幸子の結婚後、三組の夫婦は同じ敷地内で暮らすようになり、顔を合わせれば、和やかに立ち話をした。いつの間にか日曜日の夕食を皆で楽しむ習慣も定着した。ブナは幾度も義父の泰貴と義兄の孝を落語に誘い、夏休みには全員をセネガルへ連れて行き、自分の家族に紹介した。

女たちは料理のレシピを交換し、洋服や家具、装飾品などの買物について熱心に話し合った。三組の夫婦は、プライバシーが適度に保たれた小さな共同体になった。

その反面、目論見が外れたのは、いくら月日が経っても、孝と理江も、ブナと幸子も子供に恵まれず、本当の意味で大家族に発展する気配がなかったことだ。二組とも共働きで、仕事も趣味も充実していたので、子供がいないことに特段不満はなかったが、泰貴と多枝子が早く初孫の顔を見たがっていることは明らかだった。

第六章

ブナが入門コースを卒業した後、六人家族の暮らしは新しい局面を迎えた。彼は皆の足を定期的に揉むようになったからだ。とは言え、最初は相当の抵抗に遭った。

ブナさんに足を揉んでもらうなんて申し訳ないと多枝子は言い、私はひどい外反母趾だから恥ずかしい、と理江も首を横に振った。唯一のんびりできる日曜日はゴルフか囲碁に専念したい、と泰貴も難色を示し、孝と幸子まで困惑した表情を浮かべた。

それでもブナは書斎にリクライニングチェアを置き、皆の気が変わるのを辛抱強く待った。最初に現れたのは、思いがけないことに義父の泰貴だった。初めて揉む相手が一家の長とあって、ブナは大分緊張した。左足を揉んでいる間、泰貴は無言でブナの手の動きをずっと凝視した。まるで手品のトリックを見抜こうとする子供のように。

ところが右足に移ると、いつの間にか深い眠りに落ちた。

そして終わってみたら、大きく背伸びして、「これは案外と気持ちがいい。また頼むよ」と言った。

お墨付きをもらった後は簡単だった。

全員が順番に大人しくブナの書斎を訪れるようになり、そのうち、各々の施術の曜日が決まって、一人一人との新しい対話が生まれた。

火曜日の夜は孝の足を揉みながら、父親の会社で——将来の跡継ぎとして——働くプレッシャーについての打明け話を聞かされた。

木曜日の夜には理江がやってきて、気持ちよさげに目を瞑ったまま、司書の仕事や趣味のミュージカル鑑賞について静かに語った。

金曜日の午前中はブナは授業がなかったので、その時間を多枝子に割り当てた。最初は照れ臭そうにしていたが、すぐに慣れて、生き甲斐の英会話と生け花について喋った。

幸子は——意外なことに——やや気紛れで、月曜日か火曜日の夜に来た。

泰貴の指定は日曜日の夜だった。彼は雄弁に会社の仕事やゴルフ、囲碁について語り、終わった後には、老廃物を流すための白湯を飲み、それからウイスキーの水割りを口にした。ブナはその習慣に対して微かながら体への悪影響を心配したが、本人は施術後の酒は格別に美味しいと言うので、強く反対はしなかった。多枝子も気になって、時々「あなた、そんなことして大丈夫なのかしら?」と尋ねたが、泰貴は決まって「女房は余計な口出しはしない!」といつものように邪険にあしらって取り合わなかった。

週に一回の施術だけでは抜本的な体質改善は望めない。だが、それでも半年ほどすると、皆、便通がよくなったとか、なんとなく体調がいいとか、寝付きがよくなったなど、ブナにとっては嬉しい感想を口にするようになった。

その後は、家族だけではなく、学校の同僚や友達もブナの書斎を訪れた。からかい半分、感謝の気持ちも込めて「先生、先生」と呼んだ。

第七章

学校で生徒たちにフランス語の文法や文学を教え、プライベートでは家族や友人の足を揉み、「癒しの里」で施術を受ける。暇があれば、足もみ関係の専門書や小説を読み、落語に通い、国内を小旅行しながら日本文化に触れる。そして時には幸子と二人で東南アジアの国に出かける。

そんなブナの生活は十年近く続いた。適度な刺激と安定感のある幸せな生活に満足し、その間、一度もセネガルに帰国することはなかった。

ところが、五十路が確実な足取りで近づくに連れ、新しい冒険に挑戦したい気持ちが強くもたげてきた。その冒険に具体的な輪郭はなかったが、「癒しの里」の澤田可奈から大きなヒントを得た。彼女はブナが毎週多くの人の足を揉んでいる話を聞いて、ことあるごとに、次のステップへ進むべきだと勧めた。

「入門コースの上にプロの資格があります。プロの資格を取ったら、いろんなことができます。サロン勤務、自宅開業、独立開業、教えることだって可能です。新しい世界が広がりますよ。取り敢えず第一歩として、プロとして店を開いている人を訪ねてみると面白いと思います。きっと多くの刺激が得られるはずです」

その助言に従い、ブナは東京中の個人経営の店を——まるで巡礼の旅のように——回ってみた。相手は黒人の来客に必ずと言っていいほど驚きを示したが、事情を聞くと喜んでブナに経営ノウハウの持論を披露した。

「路面店じゃないと駄目」と言う人。

「駅に近い方がいい」と言う人。

「場所より改善例を出す方が先決」と言う人。

「最終的には知識や技術より人柄が肝心だ」と言う人。

情熱的に語る彼らと接するうちに、ブナはいつしか高校教師を辞め、自分の店を持ってみたいと夢見るようになった。そのためにはまず、プロの資格を取得し、本格的に経験を積む必要があった。

彼は十年ぶりに台湾本部公認の専門学校を訪ね、プロ養成コースを申し込んだ。

それから半年、十人のリフレクソロジストの卵と共に基本姿勢や手技、セルフケアの指導、身体の諸器官の機能、反射原理と循環原理、中医学、足と身体の見方などを徹底的に勉強した。入門コース同様、すべてが極めて刺激的だった。

卒業すると、スクールで相談の上、直営店勤務にエントリーした。その頃、高校の授業は週の前半に集中しており、二、三日の副業を入れることは物理的に可能だった。

「どこかの店のシフトで空きがあったら連絡します」と言われ、彼は日常に戻った。

そこで思わぬ反応を見せたのは幸子だった。

「五十歳になったら思い切った方向転換がしたい気持ちは尊重するし、直営店で時々勤務できれば、施術者としての腕はきっと一流になると思う。でも自分の店を構えることについては、慎重に考えた方がいいんじゃないかしら？」

「軽く考えているわけじゃないけど、具体的には何が気になる？」

「例えばね、根が素直な高校生相手に授業を進めるのと、性格や品格が必ずしも善良とは限らない、いろんな年齢や社会的地位の大人相手に商売するのは大分違う気がする」

「それはその通りだけど、直営店でしばらく働けば、接客にはそれなりに慣れるだろう」

幸子はそれには答えず、別の論点を切り出した。

「こんなことを私の口から言うのも胸が痛むけれども、一番のハードルはブナ自身だと思う。うちの家族も、職場の同僚も友達も皆、ごく自然にブナを受け入れているし、日本の社会も人も随分とコスモポリタンになって、外国人は決して珍しい存在じゃなくなった。でもはっきり言って、とても悲しいことだけど、相手が見知らぬ黒人だったら一般の日本人はちょっと引く気がする。私たちみたいに、ブナをよく知っている人だったら、間違いなくブナの足もみの虜になるけど、新規の客を獲得するのは恐らく至難の業。それが一番の心配なの」

幸子の言い分には一理も二理もあった。日本で暮らし始めて四半世紀、多くの日本人と友好的な関係を築いてきたものの、肌の色が原因で数え切れないほど小さな誤解や衝突に直面してきたこともまた事実だった。

幸子の言う通り、確かにハンデは大きいかも知れない。ブナは小さな溜息をついた。

その会話の三週間後、生竹療法の直営店の担当者から連絡が入った。「癒しの里」でスタッフが一人辞めることになったので、週に三日働いて欲しいという。長年、客として通った店でデビューするのも奇妙な話だったが、ブナは一も二もなく承諾した。

澤田可奈の後輩となって始めた新しい仕事は緊張の連続だった。多くの客は新しい黒人スタッフに対し露骨に驚いた。その都度、小柄でエネルギッシュな店長の木村瑠美は「新人のブナです。セネガルという国の出身ですけど、日本語も施術もとても上手なので安心して下さいね」と明るい声でフォローしてくれた。

それでも、ブナは一人一人に対して異様なほど気を遣った。金銭的なトラブルだけは避けたかったので、支払金と釣銭を宗教儀式のように丁寧に確認し、レジを最先端の精密機器のように慎重に扱った。クレジットカードの端末機を扱う際は、核弾頭の起爆装置を解除するスパイさながらの緊迫感を覚えた。

最大の難問は店じまいのレジ締め当番だった。スタッフ全員の現金売上とクレジット売上を分けて加算して出金明細を入力し、レジ残高と金種表を埋めるなど、毎回エクセルを前にして冷や汗をかいた。他のスタッフが十分で終わらせる作業にブナは四十分近く費やしてしまい、しかも最終的に数字が合わず、最初からやり直すことも決して珍しくなかった。

それでも三ヵ月ほど経つと、ブナはあらゆる面でサロン勤務に慣れ、肩の力が抜けてきた。根が素直な高校生を相手にする日とは別の曜日に、様々な年齢と境遇の大人と接することは新鮮だったし、歓迎すべき気分転換でもあった。

第八章

「接客も施術もかなり自信がついてきて、修業の実りが大きいような気がします。そろそろ独立開業に向けて具体的に行動を起こそうと思います」

九百六十五人目の足を揉んだ日の夜、ブナは家族全員にそう告げた。日曜日の夕食の時だった。開業計画の話を前々から聞いていた家族のメンバーはそれぞれの見解を述べた。

「じゃ、まず物件探しだね」

泰貴が口火を切った。

「ブナさんも知っているように、ここから同じくらいの距離に三つの商店街があるから、そこを回ればきっとどこか見つかると思うよ」と孝がフォローした。

「いいわね。お店が近かったら、近所の知り合いに紹介するわ。この界隈には自分にかけるお金をたっぷり持っている人が結構いるからね」

多枝子も前向きだった。

対照的に幸子は小首を傾げてみせた。

「個人経営の店って、軌道に乗るかしら？」

「癒しの里」で過ごした満ち足りた一日の余韻から、ブナは楽観的だった。

「何？ 例の黒人敬遠説か。それはなんとかなるだろう。だって直営店ではとても順調だよ。お客さんはなんの抵抗もなく接してくれている。時間をかければ大丈夫さ」

暇を見つけて、ブナはマウンテンバイクで孝が勧めた三つの商店街を探索した。

「テナント募集」の看板が出ている物件は幾つもあったが、広さや家賃が合わなかったり、ビルの二階か三階だったりして、胸が躍るものは簡単には見つからなかった。ブナの中では、かつて耳にした先輩たちの助言が物件選びの基準になっていた。

まず路面店。つまり一階にある店。そして駅になるべく近い。人通りが多過ぎず少な過ぎず、隠れ家のような場所。

一方、予算に関してはそれなりの余裕があった。ブナは賃貸契約や諸費用を試算し、無理なく払える家賃の目処を割り出していた。

立地と予算の両面で納得の行く物件に巡り合えないまま日々が過ぎて行った。「癒しの里」での接客は目標にしていた千人の大台を突破し、気持ちは逸《はや》る一方だった。

ある晩、ブナは幸子と連れ立ち、蝉が鳴く公園を抜け、近くの商店街にある「イエスタデー」という店に入った。学生時代をカリフォルニアで過ごし、ヒッピーライフを思う存分に楽しんだというマスターが、ビートルズやビリー・ジョエルやシカゴなどの懐かしい曲を流しながら、串焼きや一品料理を黙々と作る、心落ち着く美味しい居酒屋だった。

初めに二人はマスターお勧めの、夏に相応しいモヒートを注文した。幸子は数日後にガーナへの十日ほどの出張を控えており、話題はそのことが中心だった。ただし、政情が不安定になっているらしく、幸子には珍しく、アフリカへの旅をあまり楽しみにしていない様子だった。モヒートの後に注文した黒糖梅酒をロックで飲みながら、ブナはできるだけポジティブな言葉で幸子を勇気づけた。

店を出る頃には、ほろ酔い気分も手伝って、幸子はすっかりいつも通りの前向きさを取り戻していた。運命の物件に気づいたのは、そんな彼女だった。

「あれって、貸し店舗じゃないの？」

ブナは幸子が指す方向に目をやった。

「イエスタデー」の斜向《はすむか》いの四階建ての煉瓦作りのビルの一階に、「テナント募集」の看板が出ていた。ブナは道路を渡った。奥行を知る術もないが、間口からして小さな足もみの店を構えるのにちょうどいい広さに見えた。しかも、すぐ裏側に駅があった。

翌日に内覧させてもらうと、その貸し店舗はさらに魅力的だった。正面にはガラス張りの自動ドアがあり、中には二つの部屋が手前と奥に並んでいた。道路に面した手前の部屋は解放的で施術スペースにもってこいだったし、奥の方も休憩室を兼ねた事務室として使えそうだった。

「家賃はいくらくらいですか」

ブナは恐る恐る尋ねた。

不動産屋の若い社員は資料を出して、数字を見せた。ブナの予算内だった。唯一の難点は、床、壁、天井など内部がひどく汚れていて、傷も目立つので、本格的な内装工事が必要だったことだ。しかしブナはそうした費用も想定していた。

その後はとんとん拍子だった。

直営店に辞める意向を伝えると、事前に話はしてあったので、惜しまれはしたが、特に問題はなかった。

賃貸契約の手続きでは、不動産屋の若い担当者が、黒い肌の外国人が各駅停車しか停まらない庶民的な商店街に足もみの店を出したがっていることを不思議に思っているのは明らかだったが、書類に不備はなく、契約金もすぐに振り込まれたため、ことはスムーズに進んだ。ガーナから無事に帰ってきた幸子には、緊急連絡先の欄に名前を書いて判子を捺してもらった。その頃には彼女も、ブナのすることにもはや反対しなくなっていた。より正確に言えば、彼の熱意に感服すらしていた。

内装工事は義兄の孝が紹介してくれたインテリアデザイン事務所に発注した。ガラス張りの自動ドアの左右に渋い飴色の木製のブラインドを取り付け、床には杏色のフロアリングを敷いた。壁紙は清潔感溢れる真っ白で統一した。

内装が整うと、バリ島やマレーシア、ベトナムなどで買ったお面や色鮮やかな絵画を飾った。部屋の隅には、派手な黄色のカーテンを引くだけで完備する更衣スペースを拵えた。奥の事務室に簡単に行き来できるようドアを取り払い、縦に長い沖縄の暖簾を取り付けた。

次は備品だ。タオル類、様々なサイズの半ズボン、施術後に出すお茶のコップとウォーターサーバー、客が座るリクライニングチェア、自分用のキャスター付きの低い丸椅子、施術着、洗濯機、レジ、クレジットカードの端末機、店頭用の電飾スタンド看板。注文したそばから、すぐ別の必需品を思い付き、追加で注文する。その繰り返しだった。

孝に店のホームページを作ってもらった後、最後に残った仕事は、二十五年近く勤めた高校の辞職手続きだった。学校にとってブナは貴重な人材だったが、半年も前から夏休みには辞める意向を伝えていたので、直営店同様、大きなトラブルはなかった。

青空と椰子の木と漫画っぽい足のマークを描いた背景に「足のオアシス」の文字が載った横長の看板を取り付けてもらうと、ようやく準備完了となった。後は客を待つのみだった。

ちょうど五十歳を迎えたブナは、ネイビブルーの半袖の施術着を羽織り、期待とささやかな不安が入り交じった心境で腕組みをしたまま店の前に佇んでいた。

第九章

「だから、逝く時はピンピンコロリ逝きたいと思っているからこそ、こうして毎週顔を出しているでしょう。ピンピンコロリは分かるよね」と伊庭敬子は尋ねた。

その質問の意図はブナの理解を試すことだけではなかった。八十一歳の伊庭敬子は自分が同じ話をよく繰り返してしまう癖を自覚し、それを極力避けたかった。年寄り臭いことが何よりも嫌いだったから。

「以前、説明してくれましたよ」ブナは微笑んで答えた。

伊庭敬子はどの角度から見ても個性的で素敵な老婦人だった。短くカットされた髪の毛は太陽に照らされた無垢の雪原のように真っ白で、表情は豊かで可愛らしかった。知的で、頭は冴えわたり、饒舌だった。初めて店を訪れたのは、一ヵ月半前の十一月中旬。その頃、「足のオアシス」の経営はようやく上向き始めていた。ブナは厳しくて長い冬を覚悟していたが、予想に反して状況は好転し始めた。客が一人も現れないような空しい日は少なくなり、忙しい時には三人か四人を施術することもあった。

もちろん伊庭敬子はそんな事情を知らなかった。彼女は至って健康で、傘寿の峠を越えたとはとても思えないほど、身体のどこも悪くなかった。

それなのに、あるいはだからこそ、夫との散歩のついでに「足のオアシス」の店頭のスタンドからチラシを取り、生竹療法の予防医学としての効果に興味を覚えて初めて店に入った。つまり不測の病に備える狙いがあったわけだ。

ピンピンコロリの話は、その時に口にしたのだった。

通っているうちに彼女はブナに対して好意と信頼感を抱くようになったが、最初の頃には、黒人に対する違和感を誤魔化そうとせず、気持ちを単刀直入に語った。

「昔、この国にあなたみたいな人は極端に少なかったわよ。たまに見かけると、黒ん坊、と呼んでね。もちろん本人に向かって言わないけど、よく黒ん坊て言ったわ。今思えば、完全に蔑視していたのよね。それが今じゃ、そういう人と普通に会話して、足まで揉んで頂くなんて、本当に時代が変わったわ。私はいいと思うけどね」

伊庭夫妻はとても仲がよく、何年も前に金婚式を祝ったのに、まるで若い恋人のように振る舞っていた。夫の幸孝は毎回妻を「足のオアシス」まで見送り、施術が終わる頃には必ず迎えに来た。

しかし敬子は間違っても夫婦仲のよさを素直に認めようとはせず、毎回のように夫に対するちょっとした愚痴を零した。

その一月中旬の日、敬子は勝ち誇ったようにブナに朝の出来事を報告した。

「さっきね、主人は自信満々で区が年寄りのために主催する体力検査に出かけたのよ」

ブナは彼女を見返した。意味ありげな物言いだった。

「それでどうでした？うまく行きましたか」

「それがね、いろいろ引っかかって、ぺしゃんこになって帰ってきた」

「ぺしゃんこ？」

ブナの軽い困惑に気づき、敬子は秘かに喜んだ。彼の知らない日本語がたまに出ると、罪のない優越感を抱いた。元高校教師として人に何かを教えるのがいい気分なようだった。

「期待が外れて落胆して帰宅したという意味よ」

「それは可哀想ですね。ちゃんと慰めてあげないと駄目ですよ」

敬子は悪戯っぽい表情を作り、間髪を容れずに答えた。

「慰めないわ、私。もう爺だから仕方ないよ、と言ってやった」

ブナが適切な返答を見つけられないまま少し時間が過ぎ、いつしか話が別の話題に移って、それをきっかけに敬子はブナにもう一つの知らない日本語を教えることになった。

二十代の頃を思い出しながら、彼女は感慨深い声で告げた。

「あの時分、週末にはよく銀ブラをしたものだわ」

「銀ブラですか」

時々まったく見当違いなことを考えるブナは、思わず銀色のブラジャーを想像し、一体なぜこの上品な老婆が若かりし日のランジェリーの話を急に持ち出すのだろうと不思議に思った。

敬子は当然、ブナがそんなことを考えているとは夢にも思わず、淡々と答えた。「銀座をぶらぶら散歩することよ。楽しかったわ。今はもう行かないけどね」

伊庭敬子が帰った後、ブナは——ぺしゃんこと銀ブラという表現を思い出して——微笑みつつ、使ったタオルと半ズボンを洗濯かごに入れ、新しいセットを用意した。足浴機の湯も取り替えて、伊庭敬子のカルテを記入した。

と言っても、彼女の小さな足は健康そのものだったため、新しく習得した日本語をメモした程度だった。

第十章

次の客は遅刻やドタキャンの常習犯、柏村美香だった。浪人したのか、二十四歳で東大の四年生。卒業も就職も決まっていて、一ヵ月前から「足のオアシス」に通っていた。足の冷えとむくみ、それに新陳代謝の悪さを訴えていたが、生活習慣に相当に問題がある上、セルフケアに興味はなく、足もみも半ば暇潰しという程度のものだった。

それが証拠に、しばしば平気な顔で十分も遅れて店に現れ、また何度も直前にキャンセルの電話を入れた。原因はゲーム中毒。勉強という目的を奪われると東大生はどうしていいか分からないのか、柏村美香は昼夜を問わずゲームをやっていた。

食事もロクに摂らず、夜更かしを繰り返し午後まで寝たりして、曜日の感覚まで狂っていた。急な予定変更の電話を受ける度、ブナは内心、「常識の欠如、社会人不向きだ」と苛立ってしまったが、過剰な反応はいけないと罵声を飲み込んだ。

成人女性として柏村美香は幾つもの欠陥を抱えていたが、それなりに人懐っこくて、施術中はよく——不器用ながらも——様々な身の上話を聞かせてくれた。

その日は、いきなりボーイフレンドの話を持ち出した。

「実はこう見えても、私、彼氏がいるんです」

可笑しな言い方だったので、ブナは笑って言い返した。

「別に、いないという風には見えませんけど」

「私が一年生の時、彼は四年生でした。サークルが一緒だったので、そこで知り合って、お付き合いを始めたんです」視線を合わせないで喋るのも柏村美香の特徴だった。

「なんのサークルですか」とブナは聞き返した。

「天文学。でもあまり真面目なサークルじゃなくて、どちらかというと、季節を問わず、満天の星空の下でお酒を飲むのが狙いという感じで」

「満天の星空」は、「元旦の朝」や、「満面の笑顔」と同じように重言だが、ブナは敢えてそれを指摘しなかった。セネガル人が現役東大生の日本語を直すのはやはり出しゃばった真似だと思い、

「恋に落ちるのにそれなりにロマンチックな状況じゃないですか」と言うに留めた。

「恋に落ちると言っても、向こうが一方的にアタックしてきたんですよ。私、後輩だから黙々とついていくしかないでしょ」

「でも今も続いているなら、それなりに感情の交流が芽生えたんでしょう」

いい、いい、続いている、という言葉が不適切と感じたらしく、美香は眉間に皺を寄せた。

「実はその辺が複雑なんです。彼が卒業した後、すぐ群馬にある研究所で働くようになって、早い段階から遠距離恋愛に変わって。今は月に一度しか会ってないです。彼は二、三回は会いたいと言ってますけど、そんなに会ったらうまく行かなくなる気がします」

その程度の関係なら、一体なぜ話題にするのだろうとブナは思った。誰かに聞いてもらいたかっただけかも知れない。よく訳が分からないまま、彼は肯定的思考で粘ってみた。

「でも今の時代だと、実際に会わなくても、スマホでコミュニケーションが簡単に取れるから、お互いの気持ちをいつでも確かめ合えていいんじゃないですか」

美香は中くらいの溜息をついた。

「実は、そのことが最近、衝突の原因になっているんです。私がまめにラインをしないから、彼は浮気してるんじゃないかと疑ってて。信じられないでしょう。浮気をするような時間があったら、私、絶対ゲームしてますよ」

ブナの手が一瞬止まった。浮気を推奨する気持ちは特にないが、今の発言は、人間と関わる時間よりゲームの方を優先したい、という意味なのか。

随分と寂しい世の中になったものだと思ったが、無言で施術を続けた。

第十一章

その日の最後の客は、生竹療法をこよなく愛する田辺信一だった。

田辺信一が店に通い始めたのは、ブナが売上不振で悲観的な気持ちになりかけていた昨年の十月中旬。「足のオアシス」の救世主の一人と言ってよい。

フリーの航空ジャーナリストとして働いている六十七歳の田辺信一は前立腺肥大《ぜんりつせんひだい》に悩み、また尿酸値《にょうさんち》が高いために痛風を恐れ、藁をも縋る思いでブナの店にやってきた。インターネットで様々な改善例を見て、生竹療法にかけるしかないと思ったのだという。すぐに魔法棒の使い方を学ぶ講座を受け、毎日欠かさずセルフケアに励み、週一のペースでブナに足を揉んでもらうようになった。

本人だけでなく、友人知人にも店を紹介してくれ、おかげでブナは三人の新しい男性の固定客を得ていた。まさしくブナにとって、足を向けて寝られない存在だった。

ところがそんな信一にも些細な問題があった。彼は大酒飲みだった。言うまでもなく尿酸値はアルコールによって上昇するので飲酒は控えるべきだ。足もみでバランスを保っているから大丈夫だと本人は気楽に主張したが、ブナは一抹の不安を抱いていた。

ましてや施術の後に道路を渡り、〈足揉み仲間〉と呼ぶ友人たちと「イエスタデー」で杯を交わすのが習慣化していた。

この日、足浴の時から相手の表情がいつもと微妙に違うことに気づいたブナは、施術を始めるなり、質問した。

「田辺さん、何かいいことでもありました？　なんだかにやにやして……」

信一は大きく頷いた。

「観察力が鋭いですね。さすがだ。ええ、いいことはありましたよ。最近尿酸の数値がとても安定しています。さらに、ここ数年、排尿困難と嫌な残尿感に悩まされて、ずっと薬を飲んでましたけど、この頃、薬なしでも尿の出がよくなって、残尿感も特にないですよ。この調子だとどこへでも安心して取材に行けますよ」

「それは朗報ですね。頑張った甲斐がありましたね」

「これを生竹療法の改善例と見做すべきかどうか分かりませんけど、この歳で体のどこかがいい、よくなるなんて、本当に嬉しいですよ」

「田辺さん、躊躇も遠慮もせず、改善例と呼びましょう。他には説明がつきませんからね。本当によかったです。おめでとうございます。努力を継続しましょう」

「分かりました。では、改善例と認定します。因みに、何か特典はありますか」

「健康が最大の特典です。それで満足して下さい」ブナは笑って言い返した。

五十分後には、田辺信一は「いやー、身も心もすっきり！　感謝です」と言い残し、軽い足取りで店を後にした。そして道路を一本隔てた「イエスタデー」へと向かった。

自分も一日の締め括りにビールを一杯引っかけたいと思いながら、ブナは彼の後ろ姿を見送ったが、まだ店じまいが残っている。三人分の半ズボンとタオルを洗濯して、洗面台で足浴機を入念に洗い流した。店の照明を消して、電飾スタンド看板を中に入れ、ＢＧＭも止めた。

直営店に比べて個人経営のレジ締めは鼻をかむより簡単な作業だった。売上金とレジ金の数字をパソコンに入力していると、店の裏から駅のアナウンスと、停車と発車を繰り返す電車の音が聞こえてきた。ブナは客と交わした会話を思い出しながら、触った無数の反射区の感触を反芻した。

心が純粋な人、精神が少し混乱している人、健康な人とまだ改善の余地がある人。皆ひっくるめて、愛おしい存在だとブナはしみじみと考えた。

洗濯物を部屋に干す。冬は乾燥しているので朝までに余裕で乾く。店のシャッターを下ろしていると、如何にも雪が降りそうな夜の香りが鼻をついた。ブナはわくわくしてマウンテンバイクに乗った。

第十二章

夜中に結局雪は降らなかったが、翌朝、ブナが商店街に着くのに合わせたかのように、粉雪がちらちらと舞い始めた。周りの店主の多くは既に開店準備に取りかかっていて、ブナに明るく挨拶した。

昔ながらの理髪店、個別指導の塾、八百屋、世界中のコーヒーを扱う古めかしい外観の喫茶店、小さなコンビニ、パン屋、和菓子屋――。

シャッターを開けて、電飾スタンド看板を外に出した時、雪が急に激しくなった。

店内に入ると、ブナはまず暖房をつけて、隅々まで丁寧に掃除機をかけ、家具や装飾品の埃を取り、乾いた洗濯物を畳んだ。

作業が一段落すると、コーヒーを手にレジカウンターの上にある予約手帳を確認した。事前予約は二人。前日に比べて少ないが、それでもありがたい。予約ゼロより一人、一人より二人、という風に、多くを望むよりは目の前に確実にあるものに満足することが幸福への近道――。

そんな哲学を持っていた。

川端恵美は営業開始の十時きっかりに店に入った。

三十歳の彼女は、二十二歳の時に生理が急に止まってしまい、病院やクリニックを渡り歩いて検査をしたが、原因も有効な治療法も見つからなかった。

その後、会社で出会った男性と結婚して子供が欲しくなったが、無月経では夢が叶うはずもない。友達から足もみは妊活にも効くと聞かされたのと、近所にある「足のオアシス」の存在に気づいたのがほぼ同時期で、ものは試しと軽い気持ちで訪れたのだった。

ブナは難しいケースだと思った。千人以上の足を揉んできたが、八年も生理が来ない女性の身体を正常に戻すのは、花粉症や腰痛、便秘の解消とは話の次元が違う。

「挑戦するなら、軽い気持ちでは駄目ですよ」と彼はまず忠告した。

川端恵美はその真剣な態度に驚いた。

「改善には私と二人三脚で臨むしかありません。二人三脚というのは、定期的にここの施術を受けて頂くだけでなく、毎日ご自分で足を揉むセルフケアをして頂くという意味です。厳しいようですけども、そこまでの覚悟がなければ、最初からやらない方がいいと思います」

恵美は受付デスクの花瓶のピンク色のスイートピーを無言で見つめた。実はもっと適当な対応を予想していたのだ。花から目を離さず彼女は声に力を込めた。

「率直に話してくれて感謝しています。今までいろんなところで調子のいいことを言われてきましたけど、何も変わりませんでした。薬も効きませんでした。あたしは本気で挑戦したいので、よろしくお願いします」

恵美はブナが提示したメニューを忠実に守った。魔法棒の使い方を学ぶ講座を受け、毎日時間をかけてセルフケアに勤しみ、「足のオアシス」にも頻繁に通った。優等生の田辺信一に少しも引けを取らない徹底ぶりだった。一ヵ月が経過した時点で劇的な変化は望めなかったが、彼女もブナも希望を抱いていた。

その朝も、ブナはいつも通り恵美の左足から揉み始めた。

彼のスムーズな指の動きは、例えて言うなら、優しい渓流に流されていく一枚の落ち葉を連想させるものだった。落ち葉は滞りも無駄もなく確実に前へ進み、交互に浅瀬や急流や静かな淀みを通過し、絶えず向きと角度を変えながら運ばれていく。白波の上で踊ったり、岸辺の近くで休んだり、清流に優雅に漂ったり。誰に注目されるわけでもなく、それでも明確な目的を持って軽やかな旅をどこまでも続ける……。

そんなイメージを思い起こさせるほどのソフトな施術だ。

店内にはジャズのスタンダードが静かに流れている。恵美は満ち足りた小さな吐息を漏らし、少し上半身を起こすようにして外を覗いた。

「大雪になりましたね。こんな日に暖かくて居心地のいい部屋で入念に足を揉んで頂けるなんて、暇な主婦にしか許されない贅沢ですね」

ブナは笑顔で反論した。

「川端さんは暇な主婦じゃないですよ。午後からパートが毎日入っているじゃないですか。それにここでやっていることは、健康体を取り戻すための大事な仕事ですよ」

専業主婦が性に合わないと説明する川端恵美は、週五日で英会話学校の受付と事務の仕事をしていた。勤務時間が二時から七時までだったので、家事や買物や料理やセルフケアまできちんとこなそうと思えば、相当忙しいはずだった。しかし本人はいつも余裕たっぷりの態度で振る舞い、生理が来ないことだけが他の健康な女性と違っていた。

彼女は懐かしそうな、それでいて微かな翳りが漂う表情で切り出した。

「こういう雪の日、いつも初恋の人を思い出します。主人には内緒ですけどね」

「ご主人に隠しているようなことをここで話してもいいんですか」

「もちろん。ブナさんになら、どんな秘密を明かしてもいいような気がします」

「それは身に余る光栄です。では、初恋の人と、雪の間にどんな関係がありますか」

『マイ・ファニー・ヴァレンタイン』に耳を澄ましつつ、川端恵美は少し考えた。

「その人とは中一の時にクラスが一緒でしたけど、机が隣同士で、彼をすぐ意識するようになりました。青羽龍一と言いました。端整な顔立ちをして、とても知的で謙虚な雰囲気の人でした。成績はトップクラスなのに、それを鼻にかけることもなく、勉強が苦手な友達を助けてあげて。あたしは国語が駄目だったので、よく教えてもらいました。その度に、胸がドキドキしました」

恵美は自分の白い足を揉むブナのココア色の手を見るともなく眺めた。店の裏にある駅を急行列車は目的地へと急ぐ飛脚のように素早く通過していったが、彼女はその音に気づかなかった。

「青羽君はサッカー少年でした。毎日練習していて、教室からはグラウンドが見下ろせたので、私は彼の姿を遠目に見るのが好きでした。ミッドフィールダーというポジションは彼の人柄にぴったりでね。動きは素早くて無駄がないんだけど、特に派手に目立とうとするようなところもなくて。教室で他の子の勉強をそっとサポートしているのと同じ感じで、堅実に要の役割を果たしていました」

ブナは笑みを浮かべた。

「紳士的で爽やかで。純情な乙女だったたに違いない川端さんにとっては魅力的だったでしょうね」

実はブナもサッカー少年だったが、話の腰を折りたくなかったのでそれに触れなかった。

「はい。いつの間にか一緒に登下校するようになって、お互いの家族のことや、好きな漫画やテレビのことを話しました。将来はサッカー選手になりたいとか、私が通ってた書道教室のこととか、夢中でいろんな話をしました。まだ中一ですから、手を繋ぐなんて大胆なことはしませんでしたけど、彼も明らかにあたしに好意を抱いてくれて、そのことで有頂天になりました」

ブナは自動ドアの向こうで深々と降り積もる雪にちらっと眼をやった。

「それで、青羽君の記憶は雪とどう繋がりますか」

「あれは十二月の金曜日の夕方でした。昼過ぎから雪が降り出して、校庭も隣のグラウンドも見る見るうちに真っ白になっていきました。その日の授業が終わった後、気づけば教室にはあたしたち二人しか残っていませんでした。窓際にあった席から外を眺めながら、あたしは、『こんな天気でも練習するの？』と青羽君に聞きました。そしたら彼は傍に寄ってきて、『この程度の雪はへっちゃらだ、却って楽しいよ。でも恵美ちゃんは今日、書道だろう。道が滑るから余裕を持って早めに行った方がいいよ』って言うんです。そうね、そうした方がいいかも、とあたしは言いましたけど、動かなかった。いや、動けなかったと言った方が正確です」

少し考えてから、川端恵美は懐かしそうな表情で続けた。

「すぐ隣に立つ青羽君の気配をありありと感じたのと、目の前の雪景色があまりにも美しくて、自分でも形容しがたい気持ちになっていたんです。青羽君も学校の照明のやや黄色い光に照らされた雪の世界をじっと見ていました。そのうち、青羽君は片手をそっとあたしの肩に乗せて、帰り道は気をつけろよ、と呟きました。あたしは心臓が爆発しそうなほど動揺して、余計に動けなくなりました。青羽君の手は暖かくて、青羽君にちょうど相応しい重みで、そこに自分の手を重ねたい衝動も感じましたが、とてもそんなことはできなかった。しばらくそんな甘美な時間が流れて、青羽君はそれじゃ、練習行くね、と言ってまるで何もなかったかのように教室を静かに出ていきました。それが彼と会った最後でした」

川端恵美の膝を立ててふくらはぎをほぐしていたブナは彼女の顔に視線を向けた。

「最後？　どういうことですか」

「次の月曜日に青羽君は学校に現れなかったんです。不思議に思っていると、担任の先生がびっくり仰天の報告をしました。青羽君のお父さんが大手商社に勤めていることは知っていましたけど、なんとノルウェーのオスロに転勤が決まって、週末に家族で向こうに行ってしまったと。あたしはショックでした。純粋に悲しかったというのと、彼がそんな重大なことを話してくれなかったことが信じられませんでした」

ＢＧＭは思慮深く『スピーク・ロー』に変わり、時は止まったようだった。

「あれだけ親密になっていたのに、どうして事前に知らせてくれなかったのか、どうしても理解できなかった。もしかしたらそのうち手紙が届くかも知れないと秘かに期待しましたが、何も来ませんでした。それっきり、青羽君は完全に消えてしまった。理不尽な消え方だっただけに、喪失感が大きかった。それでも、学年が上がって環境が変わると、彼の不在にも音沙汰がないことにも徐々に慣れて、彼のことを思い出す回数も少しずつ減っていきました。完全には忘れませんけどね」

「まったく謎ですね」とブナは静かに口を挟んだ。「それだけ誠実な人だったのなら、きっと連絡できない特別な事情があったんじゃないですか」

川端恵美は淡い笑みを浮かべた。

「実を言うと、あたしもそう考えるようになりました。そして時々切実に思うんです。一度でいいから、彼に会ってみたい。あの時の真相を教えてもらいたいってね。でもそれは恐らく、一生叶えられない夢のままに終わってしまうでしょう」

「それは神のみぞ知ることですよ。もしかしたら、いつかこんな大雪の日に街でばったり会って、その足で喫茶店に入って、ウインナーコーヒーでも飲みながら中学の時みたいに打ち解けて話をすることになり、彼が失踪した事情が分かるかもしれませんよ」

川端恵美は楽しそうに笑った。「想像力が豊かですね、ブナさん。でも確かに、そんな巡り合いがあったら嬉しいです」

第十三章

時はゆっくりと過ぎ、商店街とブナの自宅の中間にある大きな公園の桜が咲き、人々が花見に出かける季節になった。ブナは地道に努力を続け、商売は——どちらかと言えば——順調だった。客が一人も現れず、電話も全く鳴らない日は依然として時々あったが、大抵は予約手帳に二週間先まで客の名前が連なっていた。

仕事がない時は、奥の事務室でのんびりと過ごした。ゆっくりコーヒーを飲んだり、小説を読んだり、ユーチューブで落語を聞いたり、また自分のセルフケアに励んでいた。時折、思い出したように店先でチラシを配ったり、また近所にポスティングに行ったりもしたが、最初の頃のような切羽詰まった気持ちになることはなかった。

幸子には冗談めかして「さすがに根がセネガル人ね、無為でも平気でいられるところは。日本人だったらもっと焦ると思うわよ」と言われた。

「それはセネガル人に対しても日本人に対しても偏見だよ。とにかく客というのは気紛れな存在だし、みんな都合ってものがある。来る時はどんどん来るけど、来ないとなれば、こっちが逆立ちしても呪文を唱えても来ないいんだ。水物なんだよ」

ある日の昼下がり、若いカップルが遠慮気味に暖簾をくぐってきた。飛び込みの新規の客かと思い、ブナは笑みを浮かべたが、すぐに早合点だと判明した。

「私たちはこういうものです。お忙しいところ申し訳ありません」

二人は頭を下げ、名刺を差し出した。片方には有名なテレビ局の名前が記され、もう一方に関連の制作会社らしき社名が書かれていた。恰幅のいい男性はディレクターの磯部健太、髪が長くとても華奢に見える女性はアシスタントの真鍋沙織だと名乗った。ブナの驚いた顔を見て、磯部ディレクターは早速、店を訪れた理由を告げた。

「うちの局には『ぶらぶら日和訪ねてＶ！』という長寿番組があります。ご覧になったことがあるかも知れませんが、漫才コンビのギターズの二人が日本中の下町や商店街を文字通りぶらぶら歩いて、美味しい食堂や珍しい老舗、個性的な工房などにふらりと入っていくという趣向の番組です。まあ、ふらりと、と言っても実は今、この界隈でロケハンというか下見をしているわけですけど、こちらの『足のオアシス』さんのホームページを拝見しまして、少しお邪魔させて頂ければと思った次第です。こちらで本当に台湾式の足もみをやっているんですか。もし今空いてるようでしたら、少し体験させてもらえないでしょうか。もちろん、施術料はお支払いしますので」

ブナは――なぜともなく――気乗り薄だったが、他に予約も入っていなかったので、取り敢えず協力することにした。短い話し合いの結果、磯部ディレクターの足を揉むことに決まった。普段通りにという要望だったので、ブナは普通の新規客を迎える時の対応をした。ところが磯部ディレクターの足は血色が悪く、反射区も亀の甲羅より硬く、どこを押しても、またいくら手加減をしても痛みの反応が強かった。

「相当の不摂生をしているようですね」とブナは簡潔に感想を述べた。

額に大汗をかきつつも、磯部ディレクターの反応は上々だった。

「痛っ、痛ーっ！　やっぱり、分かりますか。この業界は仕事がひどく不規則で、痛っ、睡眠時間が圧倒的に不足しているし、食生活も滅茶苦茶です。ああ、痛い！」

「それが全部、足にモロに出てますよ」

アシスタントの真鍋沙織も興奮した様子で、

「磯部さん、この状況はとてもテレビ的ですね。絵になりますよ」と口を挟んだ。

「痛っ！……だろう。実は俺もさっきからそう思っている」

ブナは思わずやや厳めしい口調で問い質した。「どういう風にテレビ的ですか」

「ですから、その、遠いセネガル出身の方が、流暢に日本語を操りながら、東洋的な足もみに精を出すというお姿は、きっと視聴者の心を打つだろうという意味です」と真鍋沙織は言った。

痛みを堪えつつ、磯部ディレクターはブナの日本語学習や来日のきっかけ、足もみとの出会い、独立開業について、矢継ぎ早に質問を浴びせかけた。

いつもの微かなうんざり感を味わいながら、根が親切なブナは、一つ一つに素直に答えた。

話が終わると、二人は眩しそうに顔を見合わせた。

「ドラマがありますね。すごい物語です」と磯部ディレクターは言った。

「五分の枠で収めるのがもったいないけど、やっぱりお願いしたいですね」

ブナは手の動きを止めて、五才の子供でも充分に予想のつくことを敢えて尋ねた。

「もしかして取材、ですか」

磯部ディレクターは彼の顔を見返した。

「ええ、そういうことになります。ギターズの二人にこの素敵な店を訪れてもらって、ブナさんと足もみに出会ってもらいたいと思います。短いコーナーですが、きっと非常に見応えのあるものになるでしょう。一人を施術して頂いて、もう一人がインタビュアーになります。三人の組み合せは間違いなく最高に魅力的なケミストリーを生み出すと思います」

ブナは少しドキドキして、「その取材は、いつですか」と聞いた。

磯部ディレクターは初めて、いささか自信なげに目を泳がせた。

「大変急なお話で本当に恐縮なんですが、実は来週の土曜日の夕方にこの辺を回る予定なんです。ただ、特に何かをご用意頂く必要はありませんし、取材自体も四十分くらいで終了します。もちろん、取材協力の謝礼はちゃんとさせて頂きます」

ブナは考え込み、言葉がすぐ出なかった。

アシスタントの真鍋沙織は得意げな口調でその短い沈黙を埋めた。

「私が言うのもなんですけど、この番組は宣伝効果抜群で、必ず集客に繋がりますよ。露出して絶対に後悔はないと思います。っていうか、これまで紹介した店は例外なく行列のできる店に変わっています」

ブナはなおも首を傾げたままだった。「少し考えさせてもらえませんか。この話、いつまでに返事をしなければいけないですか」

「他にも撮影候補があるので早い方がありがたいですけど、二、三日は待ちますよ。私の携帯までご連絡を頂けたら」と余裕を取り戻した磯部ディレクターは答えた。

二人が店を後にすると、ブナの中には複雑な気持ちが生じていた。漠然とだが、なぜか「足のオアシス」の静かな日常が得体の知れないものによって乱されそうな予感がした。とにかく少し神経を鎮めたい、と彼は思った。こういう時、魔法棒の楓特有の感触を味わいながら入念にセルフケアに没頭するのが一番だ。そう判断し、必要なものを手に奥の小さな事務室へと移動した。

――そのようにして、それが初めて起きたのだ。

第十四章

周りを実際に注視する前から、ブナは――気候の特徴だけで――サンルイにいることを知った。大西洋から乾季特有の涼しい風が吹いていたが、町がサハラ砂漠の南縁に位置する関係で砂嵐の気配も感じられた。目を開けてみた。コロニアル風の街並みは、かつてフランス領アフリカの首都だった都市の旧市街にいる事実を告げていた。

混乱したのは言うまでもない。息が詰まりそうになり、目眩がして、心は千々に乱れた。何しろ、数秒前まで「足のオアシス」の奥でセルフケアに意識を集中していたのに、次の瞬間、前後の繋がりもなく、世界遺産にも指定されている故郷の街、セネガルの古都の街角に立っていた。

最初は居眠りでもして、夢を見ているのかとも思ったが、町の緩やかな喧騒にしても、身体の感覚にしても、空の青さにしても、そこには夢の可能性を完全に否定する強い現実感があった。現実感はあったが、明らかに異次元の世界にいた。

そこはサンルイであり、同時に本当のサンルイではなかった。

昔はフランスの商館だった薄い桃色の建物に寄りかかったままブナは時間をかけて深呼吸をした。思い当たることは、微細ながら、あるには一つあった。

セルフケアの際、半ば無自覚に魔法棒の細い突起で正しい反射区でない場所を押した。第二と第三中足骨が足根骨と繋がる境目にある、名もない一点だった。その刹那、意識が遠のくような奇妙な感覚は確かにあったが、思いがけず鋭かったその刺激が、この異次元の層への摩訶不思議な場面転換を促したのだろうか。ブナは途方に暮れて、肩をすくめた。

その時だ。放し飼いの羊や山羊と、裸足の子供たちが駆け回る広場の向こうに、ラミンが現れた。三十年ぶりに目にする姿だったが、すぐに彼だと分かった。

寝巻きにも似た、通気性のいい布地とゆったりとしたカットの色鮮やかな民族衣装、ブーブーを着ていた。ラミン……。れっきとしたセネガル人なのに、ウォロフ語で言う「トゥバーブ」、つまり白人だ。白い肌をしたアフリカ人。五十歳を過ぎた顔は綺麗に日に焼けていたが、金髪と肌の色は一般のセネガル人とは著しく異なっている。

ラミンの曾祖父はまだ奴隷交易が盛んな植民地時代にフランスからサンルイに移住してきたが、奴隷交易とはまったく無縁のパン職人だった。祖父の代で商売が本格的に軌道に乗り、一家はサンルイ最大の、仏領西アフリカ総督御用達のパン屋にまで成長した。首都がダカールに移っても、国が独立しても、ラミンの父はサンルイに残り、地元住民にも観光客にも高い人気を誇る老舗のパン屋を続けた。

ブナとラミンは幼友達だった。家は隣同士で、よちよち歩きの頃から兄弟のようにつるんでいた。小学校に上がると、他の子供はラミンとどう接していいか分からなかったが、ブナだけはいつも一緒で、二人は子供にとってしか意味を持たぬ多くの秘密を共有した。

中学生になると、ブナとラミンは新しい趣味に熱中した。

一つはサッカーだ。青少年チームに入り、毎日練習に精を出した。雨季が短い、経済的にも貧しいセネガルには子供が使える芝生のグラウンドなどない。だから砂の上で、それも裸足でボールを蹴る。ブナとラミンはフォワードとして最強のコンビを組み、絆を深めた。

もう一つの楽しみは、漁の水揚げが行われる夕方の砂浜へ出かけることだった。

セネガル川の河口に浮かんでいるサンルイ島からは、大西洋側に細長い砂洲が伸び、北はモーリタニア国境に繋がっている。その砂洲にあるグェット・ンダールという界隈は沿岸漁業の中心地として栄えていた。水際には、色鮮やかな模様が施された大きなカヌーが打ち上げられ、漁師たちはそこでその日獲れた魚介類を売り捌く。買い手は料理や加工を商いとするおばさんたちで、値段交渉をする威勢のいい声がそこかしこで響いていた。

歓声と波音が混じり合い、無数の人々が行き交う海岸を歩いていると、ブナとラミンはわくわくした。

ところが、中学校を卒業した後、二人を取り巻く環境は大きく変わった。ブナは高校に進み、ラミンはパン職人見習いの道を歩み出した。ラミンはその選択について一切迷うことはなく、家業を継ぐことが最も自然なのだと言った。

高校生になったブナの日常がそれまでとはあまり変わらなかったのに対し、ラミンは日の出前から働き出し、その分、夜早めに寝た。家が隣同士でも、二人で過ごせる時間は必然的に少なくなった。それでも会える時は親密に語り合い、時間を見つけてはサッカーをしたり、夕暮れ時のグェット・ンダールへ出かけたりした。

ところが、一年ほど経つと、二人の考えにははっきりした相違が現れた。

ウォロフ語で言う「トゥバーブ」、つまり白人でありながらラミンは人生をセネガルで過ごすつもりだと言った。それに対して、ブナは——高校生活で得ている様々な情報も影響して——いつかは遠い異国の地で暮らしたいと夢見るようになった。新天地となる国は特に決めておらず、カナダでもペルーでもギリシアでもよかった。多くのセネガル人が目指す旧宗主国フランスにだけは長く留まりたくなかった。

会える時、ブナとラミンは互いの将来の夢について語り合った。これからの人生で、こうして共に時間を過ごすことができなくなると思うと寂しくもあったが、二人は互いの判断を静かに受け入れ、離れ離れになっても、きっと友情は維持できると信じた。

しかしブナがダカール大学に入った時、二人は「目から離れれば心も離れてしまう」というフランス語の諺通りの悲しい事実を思い知らされた。

ブナは、ダカールに移り住んでもラミンとは電話で話せるし、帰省した時には会えると安心していたが、それは叶わなかった。ラミンの父は、息子にパンの本場で腕を磨かせようとフランスのアルルという町に修業に行かせた。ブナとラミンは住所を交換していたので、しばらく文通は続いたが、いつしか手紙を出す頻度は減っていった。十代後半の若者はそんなに筆まめではない。

ブナがやがてパリで日本語を学ぶ留学生活を始めると、同じフランス国内にいる二人は何度か電話で話した。その度に、そのうち必ず相手に会いに行くと口癖のように言い合ったが、実現する前にブナは日本へ旅立った。東京で暮らすようになってからは、たまにしか帰国しなくなり、帰ってもラミンはまだ外国にいたので、いつしか一番の親友と完全に音信不通になってしまっていた。

「サラマリクム」

すぐ目の前に立ち、ラミンはウォロフ語で「こんにちは」と挨拶した。

彼の姿を見て、ブナは震えるほどの懐かしさに襲われた。五十を過ぎても、ラミンの瞳の奥には昔と変わらぬ人懐っこい輝きが宿っており、この大好きな人と三十年以上も合わずにいたことが何かの決定的な間違いであったように思われた。

また自分が置かれている状況の圧倒的な神秘も相俟って、ブナは一層動揺した。

「橋の下をたくさんの水が流れたね」とラミン。

「まったくその通りだ」とブナは辛うじて返した。

二人は抱擁した。黒い肌と白い肌が斑模様を作った。最後にこうして抱き合ったのは、恐らくサッカーの試合でゴールを決めた後だったろう。

抱擁しながら、ブナは不意に直感した――。足裏の知らない一点を押すことで時空の歪みを通り抜けてきたのは、紛れもなくこの再会の瞬間を迎えるためだったのだ。今、自分がサンルイにいるのはどう考えても理解不能で、常軌を逸していたが、それは長年の空白を埋めるためなのだと感じた。

その妙な確信についてゆっくり思考を巡らせたかったが、その余裕はなかった。

「歩こうよ。お互いに語ることは山ほどあるから」とラミンは誘った。

二人は自然にセネガル流に手と手を繋ぎ、色とりどりの二階建ての商館が建ち並ぶコロニアル情緒漂う街を歩き出した。周りを荷馬車や黄色いタクシーやバイクなどが緩やかな速度で走り、頭に重たそうな荷物を器用に担ぐ女性や、手ぶらの暇そうな男性が行き交っていた。春の柔らかな日差しの中で、二人の右手には紅色のブーゲンビリアが咲き乱れ、左手には得体の知れないゴミが散乱していた、しかしラミンはそうしたことに特別な関心を示さず、再び口を開いた。

「実はね、お前ほど思い切った冒険はしていないけど、あれだけここ地元で人生を過ごすと断言していたのに、俺は二年前までずっと海外で暮らしていたんだ」

ブナは懸命に新しい現実に意識を集中させようとした。まだ胸騒ぎがしていた。

「そのままアルルに滞在していたのか。そこが気に入ったのか」

「いや、アルルで五年ほど経験を積んだ後、三年間パリの大きなブランジェリーで働いた。引っ越した時、お前は既に日本に行ってしまっていたから会えなかった。残念なことに」

「それは確かに残念だった」と言ってから、ブナはしばし黙って考えた。

「二年前に帰ってきたということは、パリの次にまた余所へ引っ越したということか」

ラミンは歩きながら、どことなく得意げな表情でブナの顔を見た。

「パリの店にはノルウェー出身の同僚がいてね、最初から妙に気が合ったんだ。ある日、そいつから思いがけない話が舞い込んできた」

観光客を乗せた馬車が、軽快な音を立てながら、二人を追い抜いていった。

「そいつにはね、俺と同じように故郷の街で人気のパン屋を営んでいるオヤジさんがいて、翌年に引退するつもりだから長男である同僚の彼に跡を継いで欲しいという話だった。ところが同僚は冬が長くて暗い北欧に戻るのが嫌で、南ヨーロッパの国に住むことに憧れていた。だからオヤジさんの申し出を断った。そこから、だったら代わりにパン作りがうまくて信頼も置ける若い人を紹介しろという話になり、同僚はなぜだか俺にオスロの旧市街の老舗パン屋のオーナーになる気はないかと誘ってきた」

ブナは驚いて旧友の手を離した。近くのモスクからは信者を呼び集めるアザーンの声が聞こえていた。

「ちょっと待ってよ。ノルウェーになんか行っても言葉は通じないし、首を長くしてお前の帰りを待っているお父さんもいい顔はしないだろう」

ラミンは目の前にある水色のベンチに座るよう促しながら、続けた。

「まさしくその通りだ。でもとにかく、何かを決める前に、そのパン屋とオスロという知らない街を自分の目で見てみたかったんだ。だから休暇を利用して、同僚と一緒に一週間ほどそこに滞在した。季節は夏の初めだったけれど、俺は一目惚れしたよ。街は小綺麗で、まるでお伽噺の国のようだった。店の方は人通りの多い場所にあって、十七世紀に建てられたという石造りの建物の一階にあった。内装には如何にも北欧らしい明るい木材をふんだんに使って、パンの種類も豊富だし、厨房も広々としていた。機器も最新のものばかりで、夢のようなベーカリーに思えた」

ブナは黙って聞いていた。二人がいる広場の周りには椰子の木が聳え、路上のそこかしこに、アルマタンと呼ばれる北風が遠いサハラ砂漠から運んできた砂が溜まっていた。

「店のスタッフとも、同僚のオヤジさんとも、当然、言葉は通じないから身振り手振りで、時々同僚に通訳してもらった。そんな中で、一緒にパンを作ってみたんだけど、これが意外にもよかったんだ。国が違っても、同じパン職人だからなのか、心は自然に通じたというか。ただ、みんなこの金髪の白人がアフリカ人だとはどうしても信じてくれなくて、本当は同じ北欧出身じゃないかとよくからかわれた。とにかく最後の日、オヤジさんは俺に是非この店を継いで欲しいと頼んできた」

ラミンの横顔を覗きながらブナが「お前のことだから、即答しただろうな」と言うと、ラミンは前を向いたまま、苦笑した。

「さすがによく知ってるね。そう、俺は直感で生きている人間だから、その場で返事した。準備があるから待って下さい、一年後には戻ってきます、と言った。もう心は決まっていた。店と町の印象が良かったのもあったけど、実はお前に対する微かな競争心もあった」

ブナは驚いて、姿勢を正すようにして身を乗り出した。「競争心？」

「そう。お前が極東の国で暮らしているのをこの町の人から聞いていたから、少し悔しかったんだ。サンルイの幼友達が遠い日本まで行ったなら、俺だってしばらくノルウェーに住んでみせようじゃないかと。自分なりの小さな冒険がしたかったんだと思う」

オスロからパリに戻ったラミンが父親に電話で事情を説明すると、予想通り、父親は激怒してラミンの計画に猛反対した。セネガルに先祖代々受け継がれた立派な店があるのに、ノルウェーくんだりで赤の他人のパン屋を継ぐとは何事だ、と怒鳴った。

いくらラミンが、一生オスロにいるつもりはない、必ずサンルイに戻って店を継ぐと繰り返しても、父親の怒りは収まらず、「親不孝」という言葉を連発した。

そんな感情的で不毛な議論が一年近く続いた。父親と面と向かって話をしても埒が明かず、勘当するとまで脅かされたとラミンは言った。

「でも決心が揺らぐことはなかった。いつかは理解してくれるだろうと信じていた。将来、間違いなくサンルイに戻って、オヤジの店を受け継ぐんだから、一時的に関係が冷えたとしても、きっと仲直りはできるだろうと」

ラミンは間を置いた。

「ノルウェーでは言葉の壁はあったけど、これは思いの外、簡単にクリアできた。これに関しても、お前を意識していたんだと思う。お前が日本語という難しい言語をマスターしたという噂だったから、俺だってノルウェー語をなんとかしなくちゃと意気込んでいた」

「なんだか知らないところでプレッシャーをかけてたみたいで、悪いな」

ブナがそう詫びると、ラミンは彼の肩を叩き、大らかに笑った。

「プレッシャーじゃないよ。健全な刺激だ。こっちとしては寧ろありがたいくらいだ」

ブナはこの三十年近く、ラミンのことを懐かしく思い出す機会は何度もあったし、幸子にも話したが、そこまで意識したり刺激を受けたりすることは恐らくなかった。そう思うと、ブナは少し複雑な心境になった。

「話を戻すと」とラミンは続けた。

「パリに帰ってから、すぐベルリッツに入った。目標は一年で日常会話をノルウェー語でこなせるようになることだった。サンルイの広場でベルリッツの宣伝をしてもご褒美は何も出ないだろうけど、あの学校は実にいい。マンツーマンで、実用的だし、効率もいい。自分の努力もあったけど、あの学校のおかげで目標を達成できた」

裸足の子供たちが数人、砂だらけの路上でサッカーを始め、そこにいた数頭の山羊が迷惑そうに別の場所へ移動した。昔の自分たちもこんな感じだった——。そう思いながら、ブナは聞いた。

「それでお父さんの反対を押し切って、ピカピカのノルウェー語でオスロに乗り込んで、めでたくパンを作り始めたわけか」

「まあ、いろいろ試行錯誤はあったけど、なんとか自分の居場所を見つけたってことかな。正直言って、北欧の冬に慣れるには時間がかかった。何しろ、寒さはともかく、本当に暗くて、ずっと夜が続いているって感じで滅入った。だけど、地元住民との関係に救われた気がする。俺のノルウェー語は当然完璧じゃないけど、パン屋のスタッフとも町の人ともスムーズに交流できた。ノルウェーの人は素っ気ないところがあるけど、付き合ってみると世話好きで心が温かいんだ。あと、オスロをほんの少し離れただけで豊かな自然を満喫できるのも良かった。息を呑むようなスケールのフィヨルドがあって、休みの時にはよく見に行った。とにかく商売も順調だし、気がつけば十五年もそこで暮らしてたってわけだ」

ブナは頷いたが、ふと、自分は今、奇怪千万な状況に巻き込まれているという事実に改めて身震いし、半ば独り言のように呟いた。

「その十五年の間にきっと無数の出来事があっただろうけど、それを詳しく語ってもらう時間は今の俺たちにはないだろうね。ところで、お前はノルウェーの女性と結婚したのか」

ラミンは笑みを浮かべた。

「向こうで知り合った女性と結婚したけど、ノルウェー人じゃない。どうも俺は黒人女性に弱いみたいで、ニジェールから移民としてやってきた人と結ばれた。店の客で美人だった。お互いに異国の地でフランス語で話せるのも気楽だった」

「子供は？」

「人並みに励んだけど、子供には恵まれていない。そりゃ最初は寂しかった。でも今では二人でいることに納得して、日々楽しく過ごしている」

「こっちも同じだ。ただ俺の場合、黒人女性じゃなくて、日本人女性に弱いみたい」

ラミンは愉快に笑い、短い沈黙が流れた後、思い出したようにパチンと指を鳴らした。

「そう言えば、日本人の客は一人いたね。いつも日曜の朝にシナモンロールと穀物パンを買いに来た。最初は東洋人としか分からなかったけど、スタッフから日本人だと聞いてお前のことを思い出した。日本について少し情報収集しようと思って話しかけたけど、まだ子供だった頃に日本を離れて、ノルウェーの方がずっと長いらしく、日本の思い出話はあまりできなかった。でもお互いにサッカー少年だったことが判明して、仲よくなった。彼もセネガルに興味があって、いろいろ話してあげたよ。今は確か仕事でボストンに行っているはずだ」

ブナはしばらく無言だった。話を聞きながら記憶の奥底にある何かが蠢《うごめ》いたが、こうしてラミンとサンルイで語っていることの不思議が邪魔して、そこに遡ることはできなかった。

若者たちが赤い四輪バギーを飛ばし、けたたましいエンジン音を立てながら広場の向こう側の道路を走っていった。ブナはその騒音が消えるのを待ってから、「それで結局、なんでこっちに帰ってきたんだ？」と尋ねた。

「オヤジは俺との関係は依然としてぎくしゃくしていたけど、バリバリと働いていた。それが二年前のある日、脳梗塞で倒れた。幸い、一命を取り留めて、後遺症も比較的軽く済んで、言語障害もなかった。ただ体の左半分に麻痺が残って、仕事どころじゃなくなった。それを知って、俺は約束を守る時が来たと思った。妻とも話し合った上でオスロの店を畳んで、やっと故郷の代々続くパン屋を受け継いだってわけだ。戻ってみればサンルイはやっぱり一番だし、オヤジと仲直りできて本当によかったと思っている。毎日早朝に杖をついて店に現れては、俺が仕事している脇で、ノルウェー時代のことをいろいろ質問する。幸せそうな表情を浮かべてさ。要約すると、そういうことだ」

二人の間に再び沈黙が降りた。前より大分長い沈黙だった。裸足の子供たちはサッカーをやめ、辺りはとても静かだった。やがて隣からラミンの声がした。

「俺のことは充分話したから、ブナが日本に行ってから何をして、そして今何をしているのかを聞かせてくれ」

太陽が西の空へ傾き始め、夕陽と呼ぶにはまだ早いが、明らかに午後の終わりを迎えていた。ブナはなぜか、あまり時間が残っていないと直感した。

ラミンのパン屋を覗いてみたかったし、昔、二人でよくぶらぶらした漁師たちが働く浜辺にも足を運びたかったが、そんな余裕はなさそうだった。かつてゴムや革や象牙が売買されたパステル色の商館を見ながら、彼は肩で小さく息をした。

日本で過ごした二十五年の歳月について、普段はまったく使わないフランス語交じりのウォロフ語で語ることは奇妙な感覚だった。まるで微細な静物画を不慣れなフィンガーペイントで描くのに似ているとブナは思った。しかし友達が青い瞳に終始好意を湛えながら聞いてくれたおかげで、ブナは集中して高校教師としての仕事や、幸子との出会い、落語や日本文学などについて語り、最後に——自分でも驚くほど——情熱的に足もみを巡る話をした。

一瞬、セルフケアをしている最中にここに飛んできた事実を打ち明けそうになったが、思い直してやめた。どういうわけか、それは言葉にしてはいけないことのように思えた。それを明かしてしまうと、何かが決定的に壊れそうな気がした。

ラミンはとても興味深そうに、嬉しそうにブナの物語に耳を傾けた。思えば、昔も聞き上手だった。彼の真摯な態度はいつもブナを落ち着かせ、どんな話題でも安心して話すことができた。

ブナの話はかなり端折ってはいたものの、要点を一通り伝えることはできた。ラミンは黙って聞いていたが、見知らぬ国の情景をありありと思い描いているようだった。

やがて彼は口を開いた。

「どちらかと言うと、インテリっぽかったブナが足もみに心を奪われているというのは意外だな。でも、たくさんの人に健康と心の癒しをもたらしているみたいだから、その生業は素晴らしいと思うよ。今度会う時は、是非揉んでもらいたいね。俺はもうずっとここにいるから、たまには帰ってこいよ。こうして再会してみると、昔に戻ったみたいで本当に楽しいよ」

そう言って、彼はブナの肩に手を回し、混じり気のない笑みを見せた。

「俺もそうだ。幸せな時間だった」

その言葉を呟いた時、ブナは既に「足のオアシス」の奥の事務室に戻っていた。

友達の手の重みも、夕暮れ時を迎えようとするサンルイの気配もまだありありと心に残っていたが、紛れもなく時空の扉が再び閉ざされ、住み慣れた世界に戻っていた。魔法棒を手に握ったまま、彼はただ茫然としていた。なんと奇妙奇天烈な出来事だろう。時計に目をやると、十分しか経過していなかった。

もう一度足裏の謎の一点を押してみたい衝動に駆られたが、なぜか今はそうしない方が無難な気がして、思い止まった。

第十五章

公園の桜の花は散り、長閑な春の日々が続いたが、ブナはうまく意識を現実に合わせることができなかった。家庭生活にも接客にもなるべく集中しようと努めたが、いつもどこか上の空だった。「足のオアシス」で起きたことについて、幸子に打ち明けるべきかどうかは、さんざん迷った。一体全体、幸子がそんな奇談を信じてくれるだろうか。いくら自分を無条件に信頼してくれている妻とは言え、あまりにも現実離れし過ぎて、普通に考えれば、一笑に付すに違いなかった。

だが結局、そんな大きな秘密を一人で抱え切ることができず、また人生の伴侶の意見をどうしても聞きたくて、ブナはある夕食時に、幸子にすべてを打ち明けた。

テレビの取材の申し込みを受け、気持ちを落ち着かせるためにセルフケアを行ったこと。足裏の謎の一点を刺激したら、時空を飛び越えて別の現実に突入し、そこで忘れかけていた大切な心の友、ラミンと再会したことを詳しく話した。

論理的かつ現実的な幸子は、まさに空いた口が塞がらないといった表情で耳を傾けていた。その顔を見てブナは話の最後に、慎重に感想を付け加えた。

「これは当然、夢物語みたいだけど、僕はなぜか、それを真実として受け止めることにさほどの抵抗を感じていない。何しろ、実際に体験してきたわけだから。そしてあのサンルイで過ごした午後の記憶は僕の胸に深い喜びを残している。あれだけ長い歳月を経ても、ラミンとお互いの半生を語り合えたことは僕にとって忘れがたい記憶になった。だから幸ちゃんには正直に話したかった」

まだ目を丸くしたまま、幸子は長い吐息を漏らし、やがて観念したように呟いた。

「ねぇブナ、これは本当に起きたことなのね。私をからかっているわけじゃなくて。あの店で、そんな摩訶不思議な現象が実際に起きたとブナが言っているのね。ラミンのことは、私に何度も話してくれたからよく覚えている。でもまさか、そんな形で再会するなんて」

彼女は自分の精神の均衡を保ち、また何かを推し測ろうとするかのように、ブナの目を真っ直ぐに見つめ返し、しばし無意識に頭をゆっくりと揺らしていた。

「すんなり呑み込めるような話じゃとてもないわよ、はっきり言って。でも、ブナの頭が急におかしくなったとは思えないし、私に意味のない嘘をつくはずもない。だから私は信じようと思う。取り敢えず……。世の中にこんな不思議があるってことを」

そう言うや否や、幸子は急に何か閃いたように言葉を継いだ。

「でもちょっと待って。ブナの足で起きたことは、もしかすると他の人の足でも起きるってこと？　そんな気がしない？　それを試してみようと思わない？」

ブナは唇を噛んで、静かに頷いた。

「実は僕も同じことを考えた。でもそれを実行に移すべきかどうか、迷ってる。僕の場合は無事に終わったけど、他の人だったら危険が伴うかも知れない。向こうから戻ってこられないことだって考えられる。そうなったら、大騒ぎになるよ。それだけは避けたい。やるなら、相手を慎重に選んだ方がいいような気がする。だからしばらく、様子を見ている」

幸子はテーブル越しにブナの手を握ってきた。

「私に正直に話してくれて、ありがとう。すごく驚いたけど、感謝している。そして他の人のことについては私も同感よ。少し考えた方がいいかも。とにかく何かがあったら、必ず教えてね」

その会話を反芻していた二日後の午後、店に磯部ディレクターから電話が入った。

「ご連絡をずっとお待ちしておりましたが、取材が明後日に迫ってきまして、ご協力を頂けるかどうかお返事を頂きたいんですが」と彼は不満の伝わる口調で言った。

ブナは素直に詫びた。「すみません。一時帰国してまして、すっかり忘れてました」

まんざら嘘ではなかった。磯部ディレクターは呆気に取られたように言葉を返した。

「すっかり忘れてた？ え、でも、大事なテレビの取材ですよ。テレビの」

「今すぐに決めます。一分ほど考えさせて下さい」とブナは答えた。

深く考えるまでもなかった。お笑い芸人相手に真面目に施術をしても、派手に騒がれるのがオチだろう。痛くもないのに、大袈裟に悶え苦しむのは目に見えている。そんなあざとい演出は望んでいない。テレビ局にとっては美味しいネタだろうが、自分にとってのメリットは皆無に等しいとブナは結論づけた。

「ごめんなさい。地道に仕事に専念したいので辞退させて頂きます」

磯部ディレクターは一段と上擦った声で言った。

「まさか、断るんですか。これは二度とないチャンスですよ。お店をテレビで紹介したら、ブナさんが想像している以上の宣伝効果があります。日本で商売をなさるなら、こういう機会を逃すのは命取りですよ。もう少し考えてみて下さい」

「そりゃ、きっと一時的には大勢の人が興味本位で来てくれるでしょう。僕もそのくらいは予想がつきます。でもそこから足もみを愛するリピーターが生まれる可能性は極めて低いと思います。だから遠慮しておきます。ご期待に添えなくて申し訳ありません」

第十六章

肺にそれなりの負担がかかる深刻な溜息を吐く代わりに、菊池直樹は五本の指の関節をポキポキ鳴らして、ついでに首を左右に捻って頸椎《けいつい》もパキッと言わせた。しかしそれで気分が楽になったわけではない。まったく冴えない、ちっとも埒が明かない、と彼は改めてうんざりして、まるで猛吹雪の中で雪掻きを続けているかのような空しさを覚えた。

来る日も来る日も言葉の密林を彷徨っていたけれど、全体の骨格が安定するわけでもスマートな展開が訪れるわけでもなく、パソコンの画面を疲れた眼で茫然と見つめながら、本気で自分の才能を疑った。

良い作品になりそうだと大きな希望を抱いて仕事に着手したのに、この頃は辛いスランプが続いている。これではキーボードをいくら熱心に叩いても、美しい旋律が誕生するはずもなく、堂々巡りを繰り返すだけだ。

深い絶望感に襲われ、彼はソファの上で寝そべっている愛猫のレイラに何かを問いかけたい気持ちで視線を向けた。上品なシャム猫は落ち着いて彼を見つめ返したが、如何なる助言も啓示も与えてはくれなかった。猫とはそこにいるだけで充分な存在意義があり、具体的な示唆を出さなくても味方となってくれる生き物だけれど。

仕事が行き詰った時は、思い切り踏ん張るか、思い切って現実逃避するかのどちらかしかない。その朝は、菊池直樹は迷わず後者を選んだ。まだ朝刊に目を通していないことを思い出し、椅子から立ち上がって、古い平屋の中を玄関までゆっくり歩いた。

郵便ポストの中には、朝刊の他、電気料金の請求書と数枚のチラシが入っていた。数少ない郵便物を手に仕事机に戻って、新聞を広げる前にチラシにちらっと目をやった。育毛剤の割引キャンペーンの広告、低利子の安心住宅ローンの案内、ピザのチェーン店のメニュー、理想的な体形を約束するスポーツクラブの宣伝ビラ、等々。

「ちぇ、紙の無駄遣いだ！」と菊池直樹は舌打ちした。

ところが、最後の一枚にはなぜか目が止まった。

「足のオアシス」、リフレクソロジー。まず興味を惹かれたのは、小さく写真に写っている店主がセネガル人だったことだ。説明文には「繊細な日本語で身体との対話を促し、体の微妙な訴えをきちんと聞いてくれる」とある。さらに、眼精疲労や肩こり、腰痛に効く、という謳い文句にも惹かれた。

というのも、この三つの症状は直樹にとって如何ともしがたい職業病だったからだ。しかもその店は、食事や買物によく出かける商店街にあり、歩いて十分もかからずに行ける。

足裏への刺激で体の調子は少しはよくなるだろうか。もしかすると数週間も続いている停滞からの脱出のきっかけになるかも知れない。段々施術を受けてみたくなり、レイラに再び視線を投げると、気怠そうに目を閉じかけていたものの、別にいいんじゃない、ものは試しよ、と言ってくれているような気がした。

直樹は意を決して電話を取り、「足のオアシス」の番号をダイヤルした。応対した男性は恐ろしく流暢な日本語を話した。まったくの偏見だと自分でも思ったが、声を聞いただけではそれが黒い肌の外国人だとは想像できないほどの達者ぶりだった。

幸運なことにその日の午後三時が空いていたので、早速予約を入れた。

家を出るまでの時間は引き続き、言葉と格闘した。登場人物の輪郭を際立たせるべく説明を加えたり、会話のテンポを早めたり、はたまた心理描写に深みと鋭さを与えようと、様々な試みをしたものの、作業は相変わらず捗らず、気持ちは塞ぐ一方だった。

「いらっしゃいませ。お待ちしておりました」

「足のオアシス」に入ってブナの姿を目にした時、直樹はどこかで会ったことがあるような妙な親近感を覚えたが、もちろん、それは二人にとって初めての出会いだった。店内では鈴木重子のジャズの歌声が控え目な音量で流れていた。

「どうぞ、こちらにおかけになって、まず初回のアンケートのご記入をお願いします」

ブナの指示に従って直樹は受付の小さな木の机で、ボールペンを手に取った。名前、住所、電話番号の次に、職業を記入する欄があった。彼は少し戸惑ったが、思い切って「自営業（小説家）」と書いた。小説家として輝かしい活躍をしているとは言いがたい状況だったが、それは一応彼の職業だった。

次に、気になる症状として、眼精疲労と肩こりと腰痛、それに——これも一瞬迷ってから——便秘に丸をつけた。最後の「改善目標」はよく分からなかったので、取り敢えず「身体が楽になること」と記しておいた。

「では、拝見させて頂きます」

そう言うと、ブナは隣で片膝をついて、アンケート用紙に目を向けた。ところが次の瞬間、目を丸くして直樹をしげしげと見つめた。

「あの、大変失礼ですけど、もしかしたら、小説家の菊池直樹様というと、『紫色の風』の著者ではないですか」

予想外の質問に直樹は動揺した。いくら日本語が達者でも、足もみの施術院のセネガル人店主にそんなことを聞かれるとは思ってもみなかった。

「ええ、あれは僕の処女作ですけど、ご存じなんですか」

ブナは目を輝かせながら答えた。

「あれは確か堀辰夫賞を受賞して、映画にもなりましたね。僕、読みましたよ。面白くてとても印象に残っています。作者の方にここに来て頂くなんて光栄です」

直樹は戸惑いながら、言葉を返した。

「いや、光栄なのはこちらですよ。日本の小説はよく読まれるんですか」

ブナは施術部屋の奥にかかる沖縄暖簾を指差した。

「大好きですよ。お客さんがいらっしゃらない時は大体あの向こうにあるオフィスで読書しています。しかし生身の小説家に会うのは生まれて初めてです」

そう言ってから、ブナは手際よく施術の段取りを説明した。直樹は半ズボンに着替え、五分の足浴の間に生竹療法に関する簡潔なレクチャーを受けると、リクライニングチェアの背に体をもたせた。

ブナが反射区について説明しながら左足を揉んでいく。

直樹にとって、ブナの指の刺激は的確で驚くほど小気味よかった。圧はしっかり入っているが、嫌な痛みはまったくない。例えて言うなら、見事に調和が取れた交響曲の導入部分を聴いているような感覚だ。オーケストラ全体が力強く奏でる美しいハーモニーに、各々の楽器が個性的な響きを乗せていく。オーボエの甘美な誘いにバイオリンが情熱的に呼応し、ティンパニが轟くとフルートの調べがその昂ぶりを鎮めてくれる。コントラバスの心地いい響きの低音に刺激され、ハープは軽快な足取りで音階を走る。心を慰めてくれるアダージョもあれば、士気を鼓舞するアンダンテもある……。

ここ数週間、縺れに縺れていた感情の束がほどけたかのようだった。ブナの滑らかな話しぶりと豊富な知識にも感心した。

「これは予想以上に快適です。これで体の不調は実際によくなるんですか」

ブナは落ち着いた口調で答えた。

「定期的にこちらで施術を受けて、その上ご自宅でセルフケアも行って頂ければ、確実によくなると思います。現にそういう改善例はたくさん見ています」

ブナがセルフケアと魔法棒について説明すると、菊池直樹はさらに興味を惹かれた。「それは面白そうですね。執筆の合間にやれば気分まですっきりしそうだな」

しばらく施術が進んだところでブナは遠慮気味に尋ねた。

「『紫色の風』はすごい話題作でしたけど、あれを書くのにかなり苦労しました？」

直樹は懐かしい風景を思い出すかのような気持ちで答えた。

「ちっとも苦労はしませんでした。思えばあの頃は本当に純情というか、文章を綴りながら虚構の世界を生み出す作業を心から楽しんでいました。特別な期待もせず文芸誌に投稿したら、立て続けに大きな賞を頂いて、ベストセラーになった上に映画化までされちゃって。ほんとにとんとん拍子でしたね」

「きっと大きな喜びを味わったんでしょうね」

感心した様子のブナに、直樹は苦笑しながら言った。

「錯覚した、と言った方が正確かも知れませんよ。野球に例えれば、ルーキーが初出場で満塁サヨナラホームランを打つような出来栄えでしたからね。印税は面白いように入ったし、脚光も浴びて、僕はすっかり酔っちゃいました。当時は保険会社に勤めてましたけど、一冊の小説でこれだけの収入が得られて、これだけ注目されると考えたら、毎日上司の顔色を窺いながら愚直に働くことがバカバカしくなって。それで執筆に専念するために退職しました。小説家の道を歩むことがこの上なくカッコいいように感じてね。でも結論から言うと、考えが甘かったたです。現実は思ったより厳しかった」

ブナは一呼吸おいてから尋ねた。

「その選択を、今は後悔してますか」

直樹は迷わず返した。

「後悔はしてません。ただ物書きは予想していたよりずっと難しい職業でした。デビューして二十年。寡作ながら、小説を発表し続けて、一部の読者には支持されていますが、どの作品も初版止まりで、文学賞とも完全に無縁になりました。自分としては『紫色の風』を超える本を何冊も出しているのに、一般受けはしないですね。ベストセラーにもならなければ、書評で取り上げられることもまずありません」

直樹は唇を結んだまま鼻から溜息をついた。しばらくの間、会話が止まり、店内には鈴木重子の歌声だけが流れていた。

「不躾なことを申し上げるようですけど、小説を書くことに対して愛着というか、執念がまだあれば、またいつか素晴らしいヒット作が生まれるんじゃないでしょうか」

その他意のない楽観的な物言いに、直樹は思わず笑みを浮かべた。

「熱意は残ってますよ、充分。小説を書くという行為は何より好きです。でも焦りを感じているのも事実です。これから一生、自分の情熱と労力は報われることがないのかも知れないと思うと、居た堪れない気持ちになります」

ブナは淡々と答えた。「フランス語には『命がある限り希望がある』という諺がありますけど、命だけは大切にして下さいね」

施術による心地よい刺激は、センスのいい句読点のように続いたが、菊池直樹は先ほどの話に何かを付け加えたい衝動に駆られていた。

ブナは、あたかもその気持ちを汲んだかのように新たな質問を投げかけた。

「ところで、今は何か面白いことを書いていますか」

「いいことを聞いてくれましたね。はい、書いています。今はちょっと難航していますけど、三年前から、これだという手応えを感じる小説に取り組んでいます。ミステリーでありながら官能的な恋愛小説の要素もあって、ユーモアが全編を貫き、純文学ながらしっかりした物語性も持ち合わせた異色の作品になるはずです」

ブナは「面白そうですね」と興味を示してくれたが、直樹は肩をすくめた。

「ただ、今言ったように最近ちょっと調子が悪くて、いつ完成するのか分からないんですよ。ただ僕はこの原稿で最後の勝負に挑むつもりです。だからこの小説を否定されたら、立ち直れないでしょうね。書くのをやめてしまうかも知れない。ま、そうは言っても、書かない人生というのはうまく想像できませんが」

ブナは直樹を強い視線で見据えた。

「随分と先のことをあれこれ考えてるんですね。僕は読むだけで、文章を書いた経験はありませんけど、あまり雑念に捉われてしまうと、自由な発想が生まれなくなるというか、創作に集中できないんじゃないか、という気がします。すみません、偉そうに言って……」

直樹は首を左右に振った。

「いやいや、おっしゃる通りです。変な計算や取り越し苦労は仕事の妨げになります。普段作業をする時は無駄な心配をなるべくシャットアウトしていますけど、時々、ついつい悩んでしまって。適当に聞き流して下さい」

第十七章

川端恵美はのんびりと商店街を歩いていた。等間隔に設置されたスピーカーから流れてくる『贈る言葉』を聴きながら、学生時代に男の先輩がカラオケでよく歌っていたのをぼんやりと思い出した。

八百屋の隣に豆乳ドーナツを売る豆腐屋、その横にパチンコ店があった。薬局の角を右へ曲がると、花屋と美容室、その向かい側には古い喫茶店があった。「足のオアシス」は緩やかな坂道を少し登った先の左側だ。

パートの仕事はいつになく忙しく恵美は疲れていたが、気分はよかった。ブナに足を委ねれば、一時間近く気持ちよく眠れる。生理が戻ってくる気配はまだなかったが、ブナを信頼していたので、焦ることはなく、いつかは良い結果が得られるはずだと確信していた。何より、足もみは彼女にとってかけがえのない癒しの時間になっていた。

ブナとの会話は楽しかったし、途中で瞼を閉じて彼の指の感触に浸っているのも幸福な感覚だった。

「こんにちは、お待ちしていました」

暖簾を潜って店に入ると、海援隊の曲に取って代わってナタリー・コールの歌声が優しく耳に入った。真っ白なズボンにネイビブルーの施術着という格好のブナはそこで白い歯を見せて立っていた。どことなく悪戯っぽい、それでいて安心感を与える表情を浮かべて。

「今日の体調は如何ですか」

足浴していると、隣にしゃがんだブナが尋ねた。

「パートなのに残業が多くて、ちょっと寝不足なんですよ。実は、今日は半分昼寝のつもりで来たんです」と恵美は笑って言った。

「それも立派な目的です。是非お寛ぎ下さい」ブナも笑った。

ところが、施術に入る前に奇妙なことが起きた。正面の低い丸椅子に座ったブナはいつもと違って、すぐには手を動かさず、恵美の顔をじっくり覗き込んだ。何かを極めて注意深く確かめるような、とても真剣で、それでいて至って好意的な視線だった。内心、何かを逡巡しているようだった。

恵美は微かに動揺し、「何か？」と聞きそうになったが、ブナはすぐ普段通りの顔つきに戻り、何事もなかったかのように左足にバームを塗り始めた。川端恵美も静かに目を瞑った。

足裏全体に心地よい圧を感じ、気がつけばうとうとしていた。だが意識は覚醒していて、ブナの手慣れた動きを入念に追っていた。

だからブナがいつもと違う場所を強く押した時、すぐに気づいた。

激しい痛みも不快な感覚もなかったが、鋭い刺激だったので、意識がふわりと揺れるのを感じた。そして「あら？」と疑問に思った次の瞬間、恵美はボストンの石畳の路地をゆっくり歩いていた。

あまりに唐突な状況の変化に、彼女の胸は早鐘を打ち、身体は震え、呼吸も乱れた。まどろみながらブナの施術を受けていたのに、なぜこうも覚醒してこの町を歩いているのか。

しかもなぜここがボストンだと知っているのだろう。

どう考えても解せない。しかしこんな椿事が発生しているというのに、川端恵美は恐怖という感情を抱いてはいなかった。きっと特殊な夢、いや夢とは思えないほど現実的な白昼夢に紛れ込んでいるだけに違いない――。

そう、ここはボストン。だけど本物のボストンではない。映画のセットのように特別に用意されたその場限りの空間に思える。だからあまり動揺しないで、このへんてこな夢の法則に則って振る舞っていれば、きっとそのうち目が覚める。彼女はひとまず自分にそう言い聞かせた。他に対処のしようもなかった。

所々、地面に雪が積もっていた。路地の両脇に並ぶガス灯の柔らかな明かりに照らされ、三階建ての煉瓦作りの家々が建っていた。アコーディオン弾きの老人が軽やかにクリスマス・キャロルを奏でる音を聴きながら、恵美は夢心地で歩を進めた。雪が降り出しそうな匂いが漂い、空気も凛と冷え込んでいたが、コートを着てマフラーと手袋をしていたので、特に寒くはなかった。時々小奇麗なブティックのショーウインドーやコーヒーショップが目に入った。

さらに歩いていくうちに、ふとある事実に気づいた。

映画のセットのように映るボストンの路地をただあてもなく散歩しているのではない。説明のつかない、夢特有の目的意識のようなものに駆られて突き進んでいるのだ。白と赤のポインセチアが店先を飾る花屋の角を左へ曲がると、目指すレストランはそのすぐ先の右側にあった。

迷うことなく重い木の扉を押すと、中から賑やかな会話が聞こえ、美味しそうな匂いが鼻腔を柔らかく刺激した。舵輪、ロープ、羅針盤、瓶に入ったヨットの模型など、海と関係のある装飾品の多いパブ風のレストランだった。

店内は暑かったので、恵美はコートとマフラーと手袋を脱いだ。こんなものをいつ身につけたのだろう、と思いながら。一瞥すると、どのテーブルも満席だったが、彼女は躊躇することなく奥の方に向かった。

そして、窓際のテーブルに一人で座っている男性の姿を見た途端、心臓が止まりそうになった。一瞬目を疑ったが、間違いようもなく、青羽龍一だった。もちろん中学時代の彼ではなくて、立派な、とてもハンサムな大人に成長した青羽龍一だった。薄いベージュのハイネックセーターの上に洒落た紺色のブレザーを着て、店の佇まいに自然に溶け込んでいた。

昔と変わらず、鼻筋が通って瞳も気さくな性質を映し出すように輝いていたが、当然というべきか、少年の面影は薄れていた。それを埋め合わせるかのように、品のいい輪郭が現れ、感情の豊かさと頭の鋭さを感じさせた。

川端恵美は軽い目眩を覚えて、なぜこんな素敵な青羽君がこの奇異なボストンに現れるのだろう、と訝った。

しかも、彼は待っていたかのように、笑顔で自分の前の空いている席を指していた。

彼女は恐る恐る、その誘いに従った。ひどく驚いているのに、同時に嬉しくて、微笑んでいるのが自分でも分かった。席にかけたのに合わせたかのように、窓の外では雪が降り始めた。何もかもが美しい魔法に思えた。

こんな状況に辿り着いた経緯《いきさつ》は普通の想像力や思考力では説明できないものだったが、もう二度と会えないと諦めていた初恋の人、青羽龍一は目の前にいた。

そして、その場面を引き立てるかのように、雪が深々と降っていた。

「お久しぶり……」と彼女は何かを試すように微かに震える声で呟いた。

青羽龍一は柔和な笑みを浮かべたまま、軽く頷いた。

「本当に久しぶりだ。雪に降られなくてよかったね」

あまりに呑気な挨拶に、恵美は一気に捲し立てた。

「ねぇ、一体全体、なぜノルウェーじゃなくて、このボストンにいるの？　なぜこの店であたしを待っているの？　というより、なぜ青羽君は黙って日本を去ってしまったまま一度も連絡してくれなかったの？　あたしはすごく心配したし、寂しかったのに」

青羽龍一は口を一文字に結び、素直に詫びるような感じで顔の前で両手を合わせた。

「おっしゃる通り、恵美ちゃんに話さなくてはならないことは山ほどある。また聞きたいことも山ほどある。でもその前に何かを注文しよう。ここは美味しいよ」

恵美は一瞬迷ったが、言われてみれば小腹は減っていたし、喉も渇いていた。

「何がお勧めかしら？」と彼女はなるべく冷静な口調で聞き返した。

「この店の定番の組み合せはクラムチャウダーとボストン・ラガーだ。スープで体が温まるし、ビールは日本みたいにキンキンに冷やさないから冬でも飲みやすい」

「じゃ、その定番のメニューにするわ」

青羽龍一はウェイターを呼び、流暢な英語で注文をすると、解説を続けた。

「マンハッタンのクラムチャウダーはトマトベースで赤い色をしている。でもここニューイングランドではクリームをベースにしていて、白い。胡椒をたっぷりかけて、クラッカーを入れて、甘いコーンブレッドと一緒に頂くと美味だよ。ラガーはモルトの甘味とホップの苦味がバランスよく口の中に広がって、喉越しも……」

噴き出したいのか、相手を叱りたいのか、恵美は判然としない心持ちで話を遮った。

「丁寧に説明してくれるところは昔と同じね。宿題を手伝ってもらった時を思い出すわ。でも料理の解説はいい。もっと大事な話があるでしょう」

青羽龍一は再び謝罪じみた手の動きを見せた。どことなく外国人らしい身振りだった。「ごめん、その通りだ。でもどこから始めればいいのか、よく分からなくて」

「まず、なぜ黙って日本から消えたの？　あたしたち、すごく仲よかったじゃない？　正直言って、あたしはそのことでとても傷ついたのよ」

龍一は深く息を吸い込んで、それを肺に溜めたまま窓の外を眺め、言葉を慎重に選んだ。

額に上品な横の皺を作りながら。外では雪が前より強く降っていた。

「オヤジが大手商社に勤めていたのを覚えているかな」と彼は切り出した。

「あの時、急に海外転勤の話が浮上して、すべてがものすごいスピードで決まってしまったんだ。何しろ、辞令が出てから実際に引っ越すまで二週間もなかった。僕にとっては最悪だった。住む環境も変わるし、学校も変わるし、恵美ちゃんとも会えなくなる。おまけに行先は見知らぬ遠い外国と来ている。僕はともかく激しく混乱した。情けない話だけど、もう自分自身のことで精一杯だった。半分泣きながらノルウェーになんか行きたくない、と親に反抗したのも一度や二度じゃなかった」

そこでウェイターが料理とビールを運んできた。話の途中だったが、二人は申し合わせたようにしんみりと乾杯した。確かに豊潤な味わいで飲みやすいビールだった。ジョッキをテーブルの上に戻すと、恵美は見様見真似でクラムチャウダーに胡椒をかけ、クラッカーを入れて温かいコーンブレッドと一緒に食べた。

「どう？ 結構いけるだろう」青羽龍一は得意げに言った。

「うん。クリーミーだし、魚介の風味が濃密で美味しい。でもお願い、話の続きをして」

「ノルウェーへ旅立つことが避けられない運命だと悟った時、初めて恵美ちゃんに伝えなくちゃいけないと思った。でもその話題を持ち出すのに適切な言葉が見つからなかったんだ。

言い訳がましいけど、中学一年生にとって簡単に答えが見つかる問題じゃなかった。おまけに君は毎日明るく振る舞っていたし、とても優しく接してくれていた。君の目の輝きと無邪気な笑顔を見る度に、僕は言葉と勇気を失ってしまった」

龍一は外の雪景色を眺めながらビールを喉に流し込んだ。恵美は胸を締めつけられる思いで彼の次の言葉を待った。

「毎晩寝る前に明日こそ、明日こそ打明けようと決めたけど、翌日になったらまた先延ばしにしてしまった。罪悪感と葛藤しながら明日でもいい、明日でもまだ間に合う、と逃げ回り続けた。そしてとうとう出発まであと数日という切羽詰まった状況になった時、僕は待ち過ぎたことを知った。そんなぎりぎりのタイミングで話すのは最低だってね」

龍一は唇を噛んだ。

「結局、自分で自分を袋小路に追い込んでしまったわけだけど、そこで決心した。このまま黙って行こう、向こうに着いてから長い説明と謝罪の手紙を書こうと。今思えば最悪の発想だったんだけど、やっぱり十三歳ぐらいの男の子はそう頭のいい生き物じゃない。多少勉強ができようと、サッカーができようと、人生の機微なんて分かりゃしないよ」

恵美は返す言葉が思い浮かばず、短い沈黙が流れた。

「とにかく、そうやって最後の大雪の金曜日の夕方を迎えたわけだ。わざと一緒に教室に残って、僕はありったけの勇気を振り絞って君の肩に手を置いた。そして手を乗せたまま内心、許してくれ、すぐ長い手紙を書くからそれまで待ってくれ、と必死で語りかけた。でも当然、君にそれが伝わるわけはなかった。それで君はそのまま書道教室に行き、僕はサッカーの練習に向かった。強い自責の念に苦しめられながらね」

恵美は、言いたいことや、聞きたいことが急に次々と胸に溢れ出してきて身を乗り出そうとしたが、龍一は手をあげて彼女を制した。

「自分が取った態度をどれだけ後悔しているか言葉では言い尽くせない。でも一つだけ思うことがある。大人になれば、大切な人を絶対に傷つけないように思慮し、行動するだろう。でもまだ子供だったら、相手を大事に思えば思うほど、ひどく不器用に振る舞って、その結果、決定的に間違った判断を下してしまう。僕はそんな風にしか、あの時の出来事を説明できない」

恵美は嘆息を漏らして、両手を広げたまま木のテーブルの上に置いた。いつの間にか、ビールとクラムチャウダーはなくなっていた。少女に戻って自分のために泣きたいのか、大人として相手を慰めたいのか、感情は大きく揺れ動いた。彼女は小声で尋ねた。

「でも手紙はもらってないよ。何も届かなかった。ちゃんと出してくれたの？」

青羽龍一は両肘をテーブルにつき、親指で顎を支えるようにしながら唇を噛んだ。

「結論から言うと、手紙は出していない」と抑揚のない声で答えた。

「実は、今恵美ちゃんに話したすべてのことをようやく思い出したのは、ノルウェーに着いてから二年後のことだった」

「手紙を出してない？　すべてを二年後に思い出した？　一体、どういうことなの？」

喉の渇きを覚えたらしく、龍一は話の流れを保留にして、通りかかったウェイターに声をかけ、追加でサミュエル・アダムズを二杯注文した。そしてビールが運ばれてくるまでの間、恵美の目を柔らかな視線で眺め続けた。話の内容が生んだ緊張感なのか、真っすぐな眼差しを向けられて動揺したのか、彼女の気持ちはそわそわした。

ラガーがテーブルに置かれるのに合わせて、龍一は沈黙を破った。

「オスロに落ち着いてすぐ、手紙の下書きに取りかかった。君に一刻も早く事情を説明して、謝りたかったからね。でもその手紙が完成することは、永遠になかった。それを書いている最中に、僕は両親に有名な遊園地に連れていかれたんだ。地面は雪に覆われて、空気も嘘みたいに冷たかったけど、親はひどく落ち込んでいる僕を元気づけようと連れて行ったんだ」

妙な予感がして、川端恵美は息を殺しながら次の言葉を待った。

「ところがその遊園地で予測できない悲惨な事故に遭遇した。家族の中でジェットコースターに乗っていたのは僕一人だったんだけど、後ろの三両が何かの不具合で外れて、乗客が宙に飛ばされてしまったんだ。死傷者十二人という大惨事で、ヨーロッパでは大きく報道されたらしい。僕は奇跡的に一命を取り留めたけれど、頭を強く打って二年近く昏睡状態に陥っていた。僕自身は何も覚えていないけど、親にとっては厳しい試練だったと思う」

恵美は無意識にビールを一口飲んだ。大きな衝撃を受けた時、人間は果てしなく日常的な行為に縋ることで精神のバランスを保とうとするのかも知れない、と思いながら。

「道理で連絡がなかったのね」と彼女は少ししてから呟くように言った。

「そんな恐ろしい事故に遭遇していたなんて、あたしは夢にも思わなかった。一人で悲しんだり、時々青羽君を責めたりしていた。あたしは無情だったたってわけね」

龍一はゆっくりと手を伸ばし、彼女の前腕にそっと触れた。

「そんなことはないよ。知る由もなかったんだから。僕にとって状況が一層ややこしかったのは、意識が戻っても、後遺症で半年以上、部分的な逆行性記憶障害に悩まされたことだ」

恵美は難しい外国語の発音を確かめるようにオウム返しした。

「部分的な逆行性記憶障害？」

「そう。意識が戻って、日本語はちゃんと喋れるし、自分の名前も両親のことも分かるし、ノルウェーにいることも大きな事故に遭ったことも理解できる。なのに、事故の前の記憶はすっぽりと抜け落ちていて、日本で過ごした時間を一切思い出せなかった。不思議なほど、何も思い出せないんだ。学校のことも、サッカーをやっていたことも、交友関係も、君のことも。もう完全なホワイトアウトの状態で僕は強烈な不安を覚えた。医者からは安静にした方がいいと言われて、当初予定していた現地校への編入も無期延長になったんだ」

漠然ともう一度腕に触れて欲しいと思いながら、川端恵美は質問を挟んだ。

「それって映画とかによく出てくる記憶喪失っていうやつ？」

龍一は苦笑した。

「厳密に言えば、日常生活は普通にできるから、完全な記憶喪失じゃない。記憶の大事な一部を奪い取られたような、空しくて非常に不愉快な感じ。強い喪失感と言えばいいのかな。それに残念ながら、映画の中の出来事じゃなかった」

「でも結局のところ、思い出したのね。あたしにこの話を聞かせてくれている以上は。何がきっかけで記憶が戻ったの？」

青羽龍一はビールのグラスを手に取り、薄い琥珀色の液体を見つめた。

「さっき話した手紙の下書きだ。恐らく親に見つかるのが嫌で隠していたのだろう。ある日、机の引き出しの奥から出てきた。最初はまったく謎の文章だった。間違いなく僕の字だけど、内容は理解できない。ただ僕はそこに自分の過去を取り戻す鍵があると直感した。この手紙から決定的なヒントが得られるだろうと思った。僕にとっての、いわばロゼッタ石だった。恵美ちゃんへ、で始まって、感傷的で拙い文章でいろんなことが綴られていた。中学の授業のことや先生の名前とか、お互いの将来の夢、引っ越すということを最後まで言い出せなかったこと、それに対するお詫びの言葉――」

龍一は最も相応しい言葉を探すような静かな口調で続けた。

「自分の手で書いたに違いない下書きを前に、僕は目を瞑ったまま意識を集中し、耳を澄ませて、映像なり感覚なり人の声なりを一々呼び起こそうとした。最初のうちは脳を覆う不透明な膜が邪魔しているようでうまくいかなかった。でも、いつの間にか過去の引き出しが、一個ずつ一個ずつ静かに開いていった。最初の引き出しは大きく軋みながら開いたけれど、開けば開くほど作業はスムーズだった。すべての引き出しが開くのに一ヵ月以上もかかったけど、ようやく全部思い出せて、僕は言葉にならないほどの安堵感を味わった。だけど同時に底知れない悲しみにも襲われたんだ」

今度は恵美が龍一の腕を軽く押さえながら言った。

「それは誰だって、複雑な気持ちになるでしょう」

龍一は間を置いた。

「元の自分にようやく戻れて、改めて、君に手紙を出し損ねてから二年以上も経っていることに気づいて唖然とした。君は深く傷ついたに違いないし、もう高校生になって恐らく僕のことを忘れているとだろうと考えた。少なくとも僕の存在にはもはやそうしょっちゅう思いを馳せていないはずだとね」

龍一は一瞬、躊躇うように恵美から目を逸らした。そして続けた。

「僕には、時間が止まっていない君にいきなり過去からの手紙を送りつけるのは、元の過ちと同じくらい無神経に思えた。君は記憶に蓋をしたはずなのに、それを無理矢理に抉じ開けるようなものだから。それで長く躊躇した挙句、僕は連絡を控えることに決めた。その判断は間違っていたかも知れないけど、縁があれば、僕たちは今日みたいに再会して、すべてを説明させてもらう機会はいつか与えられるかも知れないと考えることにした」

川端恵美はしばらく無言だったが、やがて、自分の思考回路を実況中継でもするかのように、ゆっくりと語り出した。

「難しい問題ね、正直言って。青羽君の話を聞いてあたしは複雑な心境なの。あなたが考えたように、高校生になってからは、もうあなたのことを日常的に考えてはいなかったと思う。高校では、たくさん友達もできたし、吹奏楽部にも熱中して、あたしには新しい世界ができていた。だから、ずっと沈黙を貫くあなたを憎む気持ちがまったくなかったと言えば嘘になるけど、冷静に考えれば、あの頃いきなりそんな衝撃的な手紙が届いていたら、あたしは自分の感情をうまく整理できなかったでしょうね」

龍一は言葉を挟もうとはしなかった。

「その意味では」と恵美は続けた。

「結果として、この歳で、人生のこの段階で、こういう形で真相を聞かされてよかったと思うの。何かを許すとか許さないとか、そういう次元の問題でもないけれど、今のあたしには青羽君のすべてを受け入れるだけの心の余裕はある。昔だったら、そうじゃなかった。今は少年として葛藤したんだろうと理解することもできるし、事故や記憶障害のことについても同情する。まあ、同情なんかされたくないかも知れないけど。とにかく日本を発つ前に精神的に混乱していたことも、ノルウェーで記憶が戻った後に手紙を書かないことにしたことも、今はすんなりと納得できる。全部聞いて、今はなんだかすっきりした気分」

龍一は並びのいい白い歯を見せて微笑み、恵美をじっと見つめた。目尻に微かに涙を浮かべてはいたが、次に喋った時の声はしっかりしていた。

「ありがとう。そう言ってもらえて僕は救われた気持ちだ。このことは十五年以上もずっと気になっていたから、話せてホッとしたよ。そして君の優しさに感謝している」

「嫌だわ。そんな表情をされたら、こっちまでもらい泣きするじゃない。ねえ、過去のことは片付いたんだから、今ボストンで何をしているのか聞かせて。っていうか、その前にノルウェーで学校はどうしたの？」

龍一は頷いて話し始めた。

「分かった、過去のことは清算済みとしよう。じゃ、順番に話すね。学校に関して言うと、ものすごく遅れてしまったので、親は公立の現地校を諦めて、私立の学校に僕を入れた。そこは文字通り、スパルタ教育でね、ノルウェー語と英語をマスターして、他の科目もがむしゃらに勉強した。でも同時に、日本語の補習校にも通ってたから、十代の後半は勉強地獄だったね」

龍一は笑みを浮かべた。

「人生がうんと楽になったのは、理工系の大学を卒業して、マイクロソフトに就職した後からかな。あの会社は基本的に長期的な視点で戦略を考えるから、社員を大事にする社風がある、なんてことをここで宣伝してもご褒美は何も出ないだろうけどね。とにかく僕にとっては居心地のいい会社で、七年前にここに転勤になってからも、公私共にとても充実している」

そこまで話すと、青羽龍一はビールの残りを勢いよく飲み干した。まるで自分の言葉に象徴的な感嘆符を打つみたいに。

恵美はすっかり嬉しくなって、身を乗り出して尋ねた。

「それでどう？　青羽君は結婚してるの？　面倒見のいいお父さんになってるの？」

龍一は空になったグラスをゆっくりテーブルの上に戻し、戸惑うような、面白がるような表情を浮かべた。

「質問の答えは両方ともイエスということになるけど、それは恐らく一般の常識から相当かけ離れた形での結婚であり、また父親の姿だと思う」

「どういう意味？」

龍一は肘を食卓についたまま両手を組み、伸ばした二本の人差し指でしばらく自分の唇を押さえた。目は輝いていたが、明らかに恵美の心の奥行を推し測ろうとしていた。やがて、両手を静かに降ろした。

「実は僕はゲイだ。——あまり驚かないでね。二十歳前後の時に知ったんだ。そしてこのマサチューセッツ州が同性婚も、同性カップルによる養子縁組も認めてくれるお陰で、ジョンという誠実なパートナーと、ボブとジェシカという可愛い子供に恵まれている。付け加えるなら、面倒見はなかなかいい方だと自分では思っている」

恵美はすぐに言葉を返すことができなかった。そんなに大したことでもない、と思いながらも、動揺していた。同性愛者にまったく偏見を持っていないつもりだったが、考えてみれば、生まれてこの方一度も当事者に会ったことはなかった。

彼女はやがて冗談めかして言った。「この美男子の青羽君がゲイだという事実は、きっと多くの女性を悲しませているね」

龍一はまた品のいい笑みを返した。

「その分、多くの男性が喜んでいるはずだ。その一人としか恋愛していないけどね」

短い沈黙があった。恵美は奇妙な気持ちになっている自分に気づいた。

「でもさあ、青羽君はあたしの大事な初恋の人よ。その人がゲイになったと思ったら、遣る瀬ないというか、損したような気分。悪く取らないで欲しいけどね」

「別に悪く取っちゃいないよ。ただし、考え方を少し変えてみたら、恵美ちゃんは僕が人生で本気で恋心を抱いたたった一人の、唯一の女性だということになる。それもそれなりに素敵で貴重な関係じゃないだろうか」

恵美は小さく笑った。

「まあ、確かにそういう見方もできるね」

そう言うと、窓の外に視線を移した。大粒の雪はまだ降り続け、石畳の路面に積もっていた。時刻はまだそんなに遅くないと見えて、買物客や仕事帰りの人が雪の中を歩き、ガス灯の淡い橙色の光に照らされた路地が神秘的な雰囲気を作り出していた。

一方、暖かな店内は、静かな活気に包まれ、人々はリラックスした様子だった。

気がつくと、龍一はウェイターと何かを話していた。その紳士的な態度からは相手に対するリスペクトが感じられた。誰からも好感を持たれる彼の本性はやはり何も変わっていない、と恵美は思った。ウェイターがテーブルを離れると、彼女は口を開いた。

「びっくり仰天するような話をいっぱい聞かされたけど、こうして青羽君と再会できて、あたしはなんだかほくほく満ち足りた気持ちなの。本当によかったと思う」

龍一はオーケストラの指揮者が演奏の最初にするように、右手の人差し指を上げた。

「おいおい、ちょっと待てよ。君の話をまだ何も聞いていない。今この店で人気のアップルクロスタータというデザートとブランデーを注文したから、それを頂きながら高校から先の恵美ちゃんの人生についてじっくり語ってもらわなくちゃ」

恵美は頭を傾げた。

「特にじっくり語るほどの人生をあたしは送っていないわ。高校も大学もずっと吹奏楽部でクラリネットに熱中していたの。ボーイフレンドも作ったけど。青羽君のことを忘れるためにね」と彼女は悪戯っぽい口調で言った。

「大学ではお世辞にも役に立つとは言いがたいギリシア哲学を専攻して、卒業後それとは無縁の貿易会社に就職した。三年後に今の夫と社内恋愛をして、結婚を機に退職したの。きっと絵に描いたような、定められたレールの上を進むひと昔前の日本人女性の生き方に聞こえるでしょうね。自分でもそう思うもん。自分で自分の人生を選び取ったという実感はあまりないけど、夫婦仲はとてもいいし、パートの仕事もそれなりに面白いし、文句はないわ」

デザートとブランデーが運ばれてきた。それを見た恵美は一瞬、身の上話を忘れた。

「美味しそう！　何これ？」

「薄い生地のアップルパイだ。外側がサクサクして、中が温かくて柔らかい。リンゴがたっぷり詰まっていて、シナモンがちょうどいい具合に効いている。個人的にはコニャックとの相性がいいと思っている。普通はバニラアイスと一緒に出すけれど、この店は違う」

二人は無言でアップルクロスタータを食べ、チビチビとブランデーを飲んだ。重厚で仄かに甘いコニャックの香りはシナモンとナツメグのかかったリンゴのパイとよく合った。ほどなく胃の奥がほんのりと熱くなり、酔いも回ってきた。

「それで、恵美ちゃんも面倒見のいい母親になったのかな」と龍一は尋ねた。

胸がチクっと痛んだ。恵美は一度深呼吸をして、言葉を選んで答えた。

「うちは子供ができないの。私が原因で。実は二十二歳の時、結婚する前のことだけど、生理がピタッと止まって、今もその状態が続いている。嫌というほど検査を受けていろいろ調べてもらったけど、普通の医学では原因も治療法も分からないみたい。でも最近、いわゆる代替医療に望みをかけて、別の形で治そうとしている」

なぜか、今この場でブナの存在には触れたくなかった。というより、足の施術中に奇妙な現実に瞬間移動したという事実をもうしばらく意識の外側に留めておきたかった。理性が入り込む隙間を作ってしまうことが恐かった。この幻想めいた美しい状況を壊したくなかった。

一方の龍一は代替医療の中身に興味を抱いたようだったが、気を遣ってか、それについて直接質問はしなかった。

「望んでいるのに子供が産めない女性の気持ちは測り知れないほど辛いだろうね。早く生理が戻ってくることを心から祈っている」と彼は誠意の籠もった声で言っただけだった。

「ありがとう。あたしもそれを願っている」

恵美はブランデーの残りをゆっくり喉に流し、相手を見つめ返した。ゲイであろうとなかろうと、独特な気品が漂う魅力的な男性だった。自分は彼に対して昔と変わらぬ愛情を抱いているという事実に改めて気づき、恵美の心には不意に、ある願望が静かな力を帯びて浮かんだ。

「ねえ、あたしのお願いを聞いてくれる？　大したことじゃないから」

「僕にできることなら」

「最後に会った時、雪を見つめながらあたしの肩をじっと押さえてくれたでしょう。そこに込められた思いを察することはもちろんできなかったけど、ものすごくドキドキした。今も雪が派手に降っているから、あたしの体が再び健康になるように祈りながら、しばらくあたしの手をじっと押さえていて欲しいの。それだけ」

龍一は共犯者めいた笑みを浮かべ、「喜んで、安いご用だ」と呟いた。

彼は丁寧に恵美の手の上に自分の掌を重ねた。その瞬間、心地いい重みと温もりが伝わってきた。少し照れて彼女は視線を逸らしたが、昔の教室の時とは微妙に違って、龍一の手の感触は、心をときめかすというより、胸を深く落ち着かせてくれるものだった。

とても大事な人と結ばれているという幸福な実感に酔いしれて、恵美は静かに瞼を閉じた。二人の姿はきっとレストランの客やウェイターの目には恋人に映っただろうが、誰がどう思おうと彼女は構わなかった。こうしていることが二人にとって必要なことだった。心ゆくまで手を握り合っていなければいけなかった。なんとも形容しがたい滋味を味わいながら。

しばらくの間は何も変わらなかったが、やがてブナの声がした。

「川端さん、お疲れ様でした。終了しましたよ」

目を開けると、「足のオアシス」に戻っていた。暖簾の向こうから暖かい春風が吹き込んでいた。

第十八章

翌朝、ブナがマウンテンバイクで商店街に着いた時、天気は麗らかだった。自動ドアを開けっ放しにして、サザンのCDをかけ、開店準備に取りかかった。窓を拭き、掃除機を丁寧にかけて、埃取り用のブラシで家具類を綺麗にした。

予約手帳に目をやると、二つの予約が入っていた。十一時と十七時。間が空いているので、春風に運ばれて当日予約が入ってくれればいいと思いながらトイレ掃除を始めた。仮に今日一日、誰も使わなかったとしても、こういう場所を清潔にしておくと幸運が訪れると秘かに信じていた。

ブナが便器を磨いていたちょうどその時、自宅のソファで川端恵美は激しく戸惑っていた。一晩中、一睡もできず、考え続けたが、いま自分がどう振る舞うべきか、皆目見当つかなかった。「足のオアシス」の診察券代わりに使う「お客様カード」を手に持ち、そこに書かれた電話番号を穴があくほど睨みつけていた。

正直に胸の内をブナに打ち明けることが最も自然と思われたが、同時に、自分の記憶の痕跡や物事の因果関係を信じ切れていなかった。その躊躇が電話をかけるのを阻んでいた。

「すみません、予約できますか」

人の声がして、ブナは慌ててトイレの中から飛び出した。店の入り口に黒い革ジャンを着たパンチパーマの強面の男が立っていた。一瞬ヤクザかと思ったが、人を外見で判断してはいけないと思い直し、掃除のブラシを手に持ったまま親切に対応した。

「ご予約は今日のご希望でしょうか」

ブナの出現に大いに驚いた男は一瞬戸惑いを見せたが、すぐに吐き捨てるように言い返した。

「あんた、清掃の人？　バイトの外人か。もしかして不法就労？　まあ、それはいい。とにかくさ、店長を出せ。責任者と話をさせてくれ」

自分の店で初めて、他者からの強烈な拒絶反応に直面し、ブナは動揺した。

「あの、こう見えても私はここの店主です。施術を行うのも、予約を承るのも、私一人でやっています。どうされますか」

意に反して声が少し震えていた。

男は顎を前に突き出し、ブナをなおも睨みつけた。

「あんたがマッサージをするの？　なら結構だ。黒人に揉まれたら何が移るか分からないからやめとく。こんな店があるなんて、一体日本はどうなってんだ」

ブナは幸子のかつての警告を思い出した。やはり受け入れない人にとって自分は異質な存在なのだ。悲しい気持ちのままトイレ掃除に戻ろうとしたその時、電話が鳴った。嫌な出来事を忘れようと、素早く受話器を取った。春風が運んでくれる念願の当日予約かも知れない、と祈りながら、

「お電話ありがとうございます。足のオアシスでございます」と努めて明るく言った。

「川端恵美です。ブナさん、聞いて下さい。ようやく来ましたよ、来ました、生理が。もう

奇跡です。あたし嬉しくて嬉しくて、言葉が出ないです」

ブナは耳を疑ったが、次の瞬間、その場で跳び上がりそうになり、パンチパーマ男の記憶が瞬時に消えてしまうほどだった。

「本当ですか。それはよかったです、本当によかった。こんなに嬉しい知らせはないです。もう感激しています。いつからですか」

恵美は目に涙が溢れるのを感じながら、

「昨日の夜です。お風呂から上がってからすぐ」と答えた。

「川端さんが懸命に頑張った賜物ですよ。自分を誉めてあげて下さい」

ソファに座ったまま、恵美は見えない相手に向かって深くお辞儀をした。

「いいえ、あたし一人じゃないです。ブナさんが最初に言った通り、二人三脚で努力を重ねた結果だと思っています。ただ、その……」

恵美は言葉を探しあぐねた。やはりどう切り出していいか分からない。

「どうしました？　何か不安に感じることでもありますか」

恵美は意を決して、一気に言った。

「実は、ブナさんと直接お話ししたいことがあります。早い方がありがたいです。例えば今日の午後、予約で一杯でしょうか。もし空いていれば、少しお時間を頂ければ。もちろん料金はちゃんと払いますよ」

ブナは空白が目立つ予約手帳のページに視線を落とした。

「四時半まで暇にしています。一時くらいにいらして下さい。ゆっくりお話ししましょう。ただ、お話を伺うだけならお金は頂きません。それが条件です」

電話を切った時、ブナは頭を傾げた。生理が十年ぶりで戻ってきたという知らせは、やはりその場で後方宙返りに挑戦したくなるほど嬉しい話だったが、川端恵美の切羽詰まった口調と謎めいた言い回しが気がかりだった。

恵美は時間通りに店に現れた。ブナは、施術の部屋では落ち着いて会話ができないと思い、奥の小さな事務室へ通した。小説を読むのに愛用しているロッキングチェアを勧め、向き合う形でデスクの椅子に腰かけた。

恵美は頭を下げた。

「ブナさん、お時間を割いて頂いて、本当にありがとうございます。でも実は、こっちからお願いしておきながら、あたし、どこから話せばいいかさっぱり分からないです」

彼女が感じている強い胸騒ぎがブナに伝わり、彼は当惑気味に答えた。

「取り敢えず順番として、生理の再開、改めておめでとうございます」

昨夜から思いを巡らせている信じがたい話はどこまで正しいのだろう。すべてが滑稽な勘違いか、妄想なのではないか。そう懸念しながら、恵美は続けた。

「ありがとうございます。そのことは心から嬉しいです。本当にありがたいです。主人もとても喜んでいます。感謝の気持ちは、言葉では言い尽くせません。でもね、とても気になることがあるんです。ただ、それについてうまく話せる自信がなくて……」

「僕でよければ、なんでも話して下さい。力になれるかどうか分かりませんけど、人の話を聞くのはほとんど職業になっていますから」

恵美は思わず微笑んだ。「そうね、ブナさんは聞き上手ですものね。とにかく、これは奇想天外な話というか、もう本当に突拍子もない話なので、あまり驚かないで下さい」

ブナは腕組みをして、相手を促すように身を軽く乗り出した。

躊躇を克服するのに大きな勇気は必要だったが、心の中で乱反射する気持ちをできるだけ抑えて話し出してみると、恵美は自分でも不思議なほど楽になった。最初は言い淀むこともあったが、そのうち言葉は次々と溢れ出てきた。

施術中に異変が起きて、周囲の位相がずれたみたいに気圧の変化を感じ、気がつけば、冬の夕方のボストンを歩いていたこと。初めて訪れる町なのに、そこがボストンだということを知って、はっきりした目的意識を持ってあるレストランに入ったこと。奥の方のテーブルに向かうと、窓際に、まるで待ち合わせたかのように、初恋の男性が座っていたこと。

呆気に取られながらも懐かしさが優しい波のように押し寄せ、ごく普通に言葉を交わすことができたこと。美味しいクラムチャウダーを食べ、ラガービールを飲みながら身の上話を交わしたこと。

手紙を出せなかった理由やその後の人生を聞き、最後に自分のお願いに応えて手を握ってくれた最中に、再び——まるで魔法が解けたように——「足のオアシス」に戻ってきたこと。

恵美がすべてを語り終えるまでかなりの時間がかかった。以前にこれほど熱心にブナに何かを話したのも、まさしく初恋の人について打ち明けた時だった。

ブナは、やはり、と思うと同時に、激しい動揺を覚えた。

左足の裏にあるあの一点を刺激すると、やはりあの不思議な現象が起きる。彼が故郷の町で感動的な再会を果たしたのと同じように、川端恵美もずっと会いたいと願っていた相手と再会し、幸福な気持ちを味わった。

それは一見、とても喜ばしいことだったが、同時に、ブナは不安を抱いた。そんな荒唐無稽な現象が起きるのは、一体どういうことなのか。自分は奇妙な異能を持っているのだろうか。神秘的な力を操れるようになったのだろうか。もしかすると、踏み込んではいけない領域に足を踏み入れてしまったのではないか。

疑問が渦巻き、平常心を失いかけた。

「ねぇ、ブナさん」と恵美は言った。

ただでさえ動転していたブナに、彼女の次の言葉はさらに大きな打撃を与えた。

「あたしは一晩中、眠れずにずっと考えました。理性や常識では到底説明がつかないあの幻みたいな体験と、ブナさんの施術との間に何かしら関係があるんじゃないかな、と。だって、ボストンに瞬間移動する直前に、いつもと違う場所を押されていたんです。そうなんです。うとうとしていたのに、はっきりした違和感を覚えて、それに気づいた直後に何もかもががらりと変わりました。ねぇ、ブナさん。どうしてでしょうか」

恵美は鋭い目つきでブナを見据えた。好意が感じられる表情だが、彼女は明らかに真実を知りたがっていた。不眠一夜分の疑問への回答を切に求めていた。

「ブナさん、どんな込み入った事情か分かりませんが、安心してあたしに話して下さい。ブナさんがいい人だとよく知っています。どんなことだろうと、ここだけの秘密にしておきます。それに、あたしは当事者です。何が起こったのかを知る権利があると思いませんか」

ブナは恵美の顔の若さと美しさに胸を打たれた。こんなに通ってくれているのに、初めてそれに気づいた感じがした。彼女の瞳は透明な輝きを放っていた。それに促されるように、彼はようやく口を開いた。まるで長く行使していた黙秘権を放棄する被告人のように。

「分かりました。川端さんに隠し事をしても仕方がないでしょう。ただ、一つだけ断っておきたいのです。これから話すことは僕にとっても完璧な謎であって、まったく説明がつかないということだけはご理解下さい」

気持ちを落ち着かせるために一度深呼吸をしてからブナは続けた。幸子に聞かせたのと同じ内容の話だった。

「この間、この部屋でセルフケアをしていたら、それが初めて起きたんです。少し気になることがあって、考え事をしながら魔法棒を使っていて、ふといつもの反射区とは違う場所を刺激していることに気づきました。すると次の瞬間、生まれ育ったセネガルのサンルイという町に移っていたんです。厳密に言えば、サンルイを模った不思議な現実でした」

ブナは膝の上で組んでいた自分の両手を、そこに何かしら決定的な情報があるように、しばし眺めていた。それから話を続けた。

「とにかく、そこの街角に突っ立っていたんです。ものすごく驚きましたけど、不思議と恐くはなかった。常識と時空を超えた移動、という表現がふさわしいのかどうか分かりませんが、あまりにもスムーズに起きたので、ほぼ抵抗なく目の前の世界に意識を向けることができたんです。すると、幼友達がこっちに向かって歩いているのに気づきました。昔、とても親しかったのに、三十年以上まったく音信不通になっていた人です」

ブナは、夢と現実の境目を彷徨うような奇異な感覚を回想しながら語り続けた。

「町をぶらぶらと散歩しながら、僕らは何時間も、会わなかった長い時の流れを埋めるようにして熱心に語り合いました。友情の絆を確かめ合うこともできました」

恵美は顔の前で両手を合わせ、激しい動悸を抑えようとした。ブナに伝えたいことは山ほどあったが、口がカラカラに渇いて、言葉がすぐに出なかった。

「語り合うべきことがすべて語り尽くされると、友達は僕の肩に手を置いたんですよ。僕は嬉しくて、ちょっと目を瞑った気がします。すると、もうこの部屋に戻っていました。手には魔法棒を握って。時計を見たら、時間は少ししか経過していませんでした」

恵美がようやく反応した。

「ねぇブナさん、今の話は何もかも私の体験とそっくりです。ねぇ、どうしてこんなことが起きるんですか。どんなカラクリですか。まるで魔法じゃないですか」

ブナは小首を傾げた。

「さっきも言ったように、僕にもわけが分からないです。理屈で説明できません。向こうは摩訶不思議な別世界なのに、その別世界を僕も川端さんも間違いなく訪れています。理性的な僕たち現代人にとっては、それこそアフリカ奥地の呪術を連想させるような話ですよ」

ブナは恵美をまっすぐ見つめた。

「ただね、これはあくまで僕の勘に過ぎないんですが、そこで邪悪とか暗い力は働いていない気がします。ただ単に、足の裏に謎の一点があり、そこを刺激された者は奇妙な再会の旅に出て、そこで心が満たされると、そのまま元の状態に戻ってしまうというだけのことです。それ以外のことは、僕には何も分からないです」

恵美はふと、施術前の妙な緊迫感を思い出した。

「ブナさん、ちょっと待って下さいよ」と彼女は言った。「そこまで分かっているということは、あたしの時、間違って、というか偶然にその一点を押したのではない、ということですか。ある程度分かった上で再会の旅をさせたわけですか。もしかして、実験でもしたとか」

ブナが一段と困惑した表情を見せたので、恵美は慌てて言葉を足した。

「でも、あたしは怒っていないですよ。だって、とても素敵な思いをしたし、施術の結果、生理まで戻ってきましたから。ただ、やはり真相が知りたいんです」

ブナは彼女を見つめ返し、苦し紛れに答えた。

「本当のことを言うと、僕以外の人でも、あの現象が起きるのかどうか、とても知りたい気持ちはありました。ただ相手を慎重に選ぶ必要がありました。まず、再び会いたい人がいると明確に口にした人の方がいいだろうと。それから、どう言えばいいのでしょう。もしあの現象が再び起きた場合、それに対してある程度の理解を示してくれる人の方が無難だと考えたのも事実です」

恵美は微笑んだ。

「そこで、初恋の人の話を打ち明けて、長くここに通っている上、ブナさんといろいろ語り合ってきたこのあたしが適任者と判断した。そういうことですね」

ブナは力なく頷いた。「すみません。そういうことになります」

沈黙がしばし二人の間に下りてきた。やがて恵美は、

「いいですよ、ブナさん。後ろめたさを感じる必要はないです。今言ったように、あたしにとってかけがえのない体験でした。しばらくの間、青羽君と心を重ね合せることができて、それは多分、冷え切っていたあたしの身体を奥深くまで温めてくれたと思います。だから二重の意味でよかったです。それより、これからどうします？　また別の誰かに再会の旅をさせますか。それともあたしで終わりですか」と尋ねた。

ブナは肩で小さく溜息をついた。

「どうすべきか、正直、判断しかねています。さっきも言いましたけど、この不思議な現象は悪意に満ちているとか人の道からはずれているわけではない。でもだからと言って、手当たり次第にあの足裏の一点を押すつもりはないです。そんなことをしたら、この店について、あるいは僕について遅かれ早かれ変な噂が流れるでしょう。そんな宣伝は必要ないし、僕は奇態な都市伝説になるつもりなどありません。誰かとの再会を切実に望んでいて、しかも秘

密を守ってくれる人に再び巡り合うまで、大人しく普通の施術を続けようと思います。その方が賢明な気がします」

恵美は謎めいた光を瞳に湛えながら言った。

「その通りかも知れない。でも、もしもそういう人がまた現れたら、迷わずに感動の旅をさせてあげて下さいね。その人にとって救いになると思います。現に、あたしの体は再び健康になったし、辛かった過去の記憶も幸福な思い出に変わりましたから」

第十九章

日曜日の午後だった。父泰貴は千葉へゴルフに出かけた。英会話の個人レッスンを終えた母、多枝子は都心で開かれている生け花の展覧会へ。兄夫婦の孝と理江は紀ノ国屋に買い出しに出かけ、ブナは「足のオアシス」で働いていた。

日曜日は、平日に休めない人が殺到するので最も稼げる日なのだ。

幸子は自宅の居間の安楽椅子で、大好物のミントミルクアイスティーを啜りつつインテリア雑誌を見ていた。庭には初夏の爽やかな陽射しが降り注いでいた。

雑誌をめくりながら様々な種類のソファやダイニングテーブル、椅子を眺め終え、ミントミルクアイスティーも飲み干した。そのタイミングを見計らったかのように、携帯電話が鳴り出した。表示名を見ると、母の多枝子だ。友達にばったり会ってお茶をしたから遅くなるとか、きっとそんな用事だろうと思いながら、幸子はスマホ上で指をスライドさせた。

「立川多枝子様のご家族の方でいらっしゃいますか。こちらは麻布警察署の者です」

知らない男性の、温もりの欠片もない声を耳にした瞬間、ひどく不吉な予感がした。母の身に何かが起きたとすぐ分かった。

「娘ですけど」と乾いた声で答えた。幸子は、ぬるぬるした、冷たい沼に沈んでいくような心持ちでひどく事務的な説明に耳を集中させた。

目撃者の証言によれば、生け花を観賞していた母は突然、苦しそうに倒れ込んで、すぐに意識を失った。救急車が着いた時には既に息を引き取っていた、とのことだった。

「死因は恐らく心臓発作だと救急隊長は言っています。お年寄りの場合はよくある話ですが、携帯電話のロックがかかってなかったので着信履歴からお宅の番号に辿り着いた次第です。突然のことで驚かれたと思いますが、麻布警察署にお越し頂けますか」

多枝子の心臓が——なんの前触れもなく、しかし決定的に——拍動することを放棄したことは、家族全員にとって衝撃だった。七十三歳という年齢はあまりにも若過ぎて、当然ながら、誰も心の準備ができていなかった。

ブナも大きなショックを受けた。多枝子は彼を最初から無条件に温かく迎え入れ、いつも心を明るく開いてくれた。独立開業も積極的に応援してくれた恩人だ。

ブナは「足のオアシス」を数日間臨時休業にした。

深い悲しみの中で、通夜と告別式が執り行われた。喪服に身を包んだブナはとても目立ち、参列者の目に、彼は文字通り、真っ黒に映った。遠慮のない視線を終始浴びていることを強く意識せずにはいられなかったが、彼をじろじろ見る人は知らない遠戚や義父義兄の仕事関係の人間だったので、なるべく気にしないようにした。

葬儀が終わると、日常が戻ってきた。

しかし多枝子がいない生活は皆にとってそれまでとは大きく異なっていた。最も途方に暮れたのは、もちろん夫の泰貴だった。外では建設会社の会長らしく堂々と振る舞っていたが、家庭内では妻に頭が上がらない人だった。いや、彼は妻を心から慕っていたと言ってもいい。それなのに、見栄からか、照れ臭さからか、自分の感情を表現することがこの上なく下手だった。

妻を亡くして落胆し、孤独に苛まれている彼の姿を見るのは家族にとっても辛いことだった。全員がそれぞれの個別の悲しみに一時的に蓋をして、泰貴を励まし、目一杯支えようとした。

「悲しみを癒す反射区は残念ながら存在しませんが、気が向いたら店に施術を受けに来て下さい。心はきっと少し落ち着くと思いますよ」

ブナはそんな風にしか声をかけることができなかった。悲劇が起きた時、その周辺にいる者にとっては、時の経過と日々の営みの反復が、痛みの感覚を麻痺させるのに役立つ。その法則はブナにも当てはまるもので、深い悲しみとともに微かな罪悪感を抱きつつも、彼は再び自分の仕事に没頭するようになった。

結局、悲劇の荒波にずっと晒されているのは、その核心に最も近い場所に取り残された者だけだ。それはまさしく、泰貴だった。

第二十章

「今日は足がとてもいい表情をしてますね」とブナは開口一番、満足気に言った。

菊池直樹は思わず微笑んだ。

「なかなかユニークな表現ですね。足にも表情があるんですか」

ブナは真剣な顔つきで答えた。

「足には紛れもなく表情がありますね。同じ人でも気分や体調によって足の表情はまるで違いますよ。長年やっていると、そのことにすぐ気づきます。さっぱりした表情の足があれば、困惑気味の表情をした足もあるし、疲弊し切った表情の足もあります。しかし今日の菊池さんの足の裏は、とても野心的ですっきりした表情をしています。いつになく微笑ましい表情です」

直樹はブナの洞察力の鋭さに少なからず感心し、考えを巡らせた。三ヶ月前に初めて「足のオアシス」を訪れて以来、魔法棒の使い方を学び、日常生活の中にセルフケアを取り入れた。その上、週一のペースでブナの施術を受けてきた。

その結果、慢性的な肩こりや腰痛、眼精疲労の症状は解消され、体調も極めてよくなった。そして体質の改善は、期待通り執筆にもいい影響を与えた。一時のスランプを脱し、仕事は再び捗るようになった。

そしてちょうど前日の夕方、すべての推敲が無事に終了し、彼は言うに言われぬ満足感に浸っていた。心はまさに希望に満ちていた。施術前に足をちらっと観察しただけでそのことがブナに伝わるなんて、まるで超能力に思えた。

「よく分かりますね」と直樹は言った。

「実は、気分がとてもいいんです。もう、絶好調です」

ブナはすぐに答えず、丁寧に左足を揉み始めた。

それは極めて心地よく、まるで優れた映画を観ているような感覚だった。意外な引っかかりや巧妙な伏線、息を呑むような展開。洗練されたカメラワークで風景の陰影や女優の肌の木目までが美しく映る。ウイットに富む台詞。ロマンと冒険の香り……。

直樹は湧き出るイメージに心を奪われ、それまでの会話の流れを忘れそうになったが、ブナの声で現実に戻った。

「菊池さんの絶好調の背景にはどんな喜ばしいことがあるのでしょうか」

直樹はリクライニングチェアの横の台に置かれた白湯を一口飲んだ。浮き立つ気持ちはどうにも抑えることができなかった。

「三年前から取り組んでいた長編小説がとうとう完成したんですよ、ブナさん。気の遠くなるような推敲がようやく終わって、昨夜、原稿を編集者にメールしました。かなり長い時間、暗闇の中で格闘していましたが、やっと眩しい陽射しが降り注ぐ場所に踊り出たような気分です。すべての問題をクリアして、登場人物に丸みと深みを与え、プロットを入念に絞り込んで、文体を磨きに磨きました。達成感は半端ないですよ。この満足感が、ブナさんのおっしゃる足の表情に現れているんだと思います」

ブナは笑みを浮かべて、祝福の言葉を返した。

「それはおめでとうございます。本当によかったです。何しろ、初めてこちらにお見えになった日は本当に辛そうでした。かなり悩んでいましたね。今だから言えますけど、あの時の足の表情は悪かったです。焦りと閉塞感が漂っていました。因みに、本はどこから出るんですか」

直樹は誰でも知っている大手出版社の名前を口にしてから続けた。

「僕が頼りにしている度会《わたらい》さんはまだ若いのに、押しも押されもせぬ大物編集者なんです。彼女なら、今回の作品の魅力をきっと評価してくれるでしょう。原稿を活かすのも殺すのも編集者と言われますが、彼女なら僕の小説を素晴らしいものに高めてくれると思います」

直樹は間を置いた。

「逆に言うと、万が一、優秀な彼女がこの作品を認めてくれなかったら、僕にとって世の終わりです。彼女に否定されたら、もうどこの出版社にも通用しないでしょう」

ブナは少し驚いた様子で聞き返した。

「そういう可能性はあるんですか。もし仮にそうなったら、どうしますか」

直樹は急に激しい冷雨に打たれたような寒気を感じて、すぐには答えられなかった。

「その可能性は、ないと思います。そりゃ、いろいろと加筆修正は求められるでしょうけど、この小説は僕の自信作です。どれだけの労力と時間を注ぎ込んだことか。もし却下されたりしたら、それこそ立ち直れません。恐ろしくて、そんなことは想像したくない」

気がつけば、直樹は足を異様に強張らせており、それをほぐすようにブナはふくらはぎを入念にさすった。そして確信に満ちた声で宣言した。

「そんな心配はきっと要らないですよ。それだけ精魂込めて練り上げて、それだけの手応えがあるんですから、間違いなく評価されると思います。出版されたらすぐに買いますよ。今から楽しみにしています。よかったらお祝いの飲み会をやりましょう。この店の斜向いに日本一美味しい居酒屋がありますから」

ブナの無邪気な言葉を聞いているうちに、直樹は次第に落ち着きと自信を取り戻した。一瞬でも最悪のシナリオを思い浮かべた自分は愚かだったと考え直した。

独創的な閃きを得て、全身全霊を注いで書き、その最中に今までにないほどの知的興奮と肯定的直感を覚えたこの作品が、広く愛されないわけがない。

大きな昂揚感に見舞われ、直樹は最善を尽くした自分へのご褒美として、ブナの――名画を連想させる――施術に、精神も肉体も委ねた。

未来は多くの夢と可能性に満ちている、と思いながら。

第二十一章

多枝子の突然過ぎる旅立ちから二ヵ月。泰貴は、当然ながらまったく立ち直れずにいた。

重い悲しみと失意は昼も夜も巨大な岩のように彼の心を押し潰した。感情の激しいうねりが落ち着くまでには、より長い歳月を必要としていた。常に心を抉られるような侘しさと孤独感を味わい、それは王様のすべての馬とすべての家来が取りかかっても癒すことのできない痛手だった。

会社の経営から退いて十年。今や名ばかりの会長で、没頭できる仕事もなく、暇を持て余している。出迎えてくれる妻が家にいないと思うと、ゴルフに出かけるのも億劫になった。励まそうとする家族の気遣いにもうまく応えることができず、辛うじて平然とした態度を装うので精一杯だった。

おまけに、その夏は猛暑だった。東京の夏は死別の悲しみに立ち向かうのにひどく不向きだ。熱帯夜も、昼間の激しい日照りも、魂の混乱に追討ちをかける。もちろん、喪に服するのに適した季節はそもそもないのかも知れないが、泰貴にとって太陽の光は眩し過ぎて、その熱も厳し過ぎた。

それでもその日の夕方は、当てもなく外に出て、蝉が鳴き狂う公園の中をまずゆっくり歩いた。多枝子と一緒によく来た思い出の場所だったが、感傷に流される誘惑をなるべく抑えた。彼女がよく買い物をした商店街では、スピーカーから「大きな古時計」のメロディーが流れ、通りは歩行者天国になっていた。

猛暑にもかかわらず、商店街は多くの買い物客で賑わい、時折、顔見知りの店主が――必要以上に明るい声で――挨拶した。地元では多枝子の死がきっと噂になっているのだろう。

そのままぼんやりと歩きながら、ふと、ブナの店がすぐ近くにあることを、まるで遠い出来事のように思い出した。施術を受ければ心が落ち着くかも知れないという誘いの言葉を思い出し、立ち寄ることにした。

冷房を逃さないためか、いつもの暖簾はかかっておらず、ガラスの自動ドアも閉まっていた。中に客はいない様子だった。

「約束はしていないけど、今から可能だろうか」

沖縄暖簾の後ろにある事務室で『みどりの窓口』という落語を聞いていたブナは泰貴の声だとすぐ分かった。嬉しさが込み上げ、飛び上がるように施術の部屋へ向かった。

「お義父さん、いらっしゃい。ドタキャンを食らって暇にしていました。どうぞどうぞ。よく来てくれました」

泰貴は小さな感銘を覚えた。過去に数え切れないほど耳にした言葉なのに、この明るくて怜悧なセネガル人男性に親しく「お義父さん」と呼ばれることが、とても新鮮で喜ばしく感じられた。

無条件に歓迎されているという実感が湧き、久しぶりに何かが緩んでいくのを感じた。余計なことを考えないように注意しながら、半ズボンに着替えて、足浴の椅子に腰かけた。少し迷ってからブナはモーツァルトのピアノソナタを低い音量でかけた。足浴の間、砂時計の砂がゆっくり落ちていくのを、ブナも泰貴も何も言わずに眺めた。

久しぶりで受けるブナの施術は、心地良くて、泰貴に山奥を流れる滝と、その上に現れた一筋の虹をイメージさせた。大量の水が静かに落下地点へと向かい、そこから派手な飛沫を上げながら垂直に落ちていく。とどめないその流れには心を落ち着かせる柔らかな力が漲っている。先ほどまで降っていた通り雨が上がり、陽射しが森全体を照らし直す。美しい虹が――まるで滝の上に橋をかけるように――姿を見せた。虹の儚い色彩と滝の組み合わせが神経を宥め、魅惑的な小宇宙を作っている……。

そんな映像を浮かべさせる施術が始まってから十五分ほど経った頃、泰貴が沈黙を破った。

「やはりこれは気持ちいい。忘れてたよ、この感触を。確か最後に揉んでもらった時、多枝子はまだ生きていたんだね」と彼は目を閉じたまま切り出した。

「そうです。約三ヵ月前です」

目を瞑ったまま、泰貴は大きな溜息をついた。

「彼女の死には本当に参ったよ、ブナ。今も参っているけど。こんなはずじゃなかった。俺は昔から、勝手に自分の方が先に逝くだろうと思っていたんだ。もちろんそこにはなんの根拠もないけど、俺が先に死んで、多枝子の方は皆に囲まれながら長生きするだろうって。それが自然な成り行きだと思っていた」

「まあ傾向として、そう考える男性は多いでしょうね、国を問わず。それに女性の平均寿命は男性より長いしね」

泰貴は再び吐息を漏らした。

「でも蓋を開けてみたら、どこにもそんな決まりはなかった。先に逝く者は先に逝く。辛いけれど、それが現実というものさ。そして先立たれた男性は脆い。実に脆い。恥ずかしい話だけど、俺はもがいている。こんな耐えがたい現実があろうとは想像だにしなかった」

ブナは敢えて言葉を返さず、施術を続けた。

泰貴の方は言うべきことや嘆くべきことはまだいくらでもあったが、瞼の裏に再び滝の上に現れた虹の優しい映像が浮かび、しばらくすべてをブナに委ねることにした。束の間、悲しみや混乱や侘しさを保留にして、足もみを堪能したい気分になった。

五本の指、指の付け根、土踏まず、足の側面、踵や足の甲などを、圧の絶妙な強弱をつけながら順番に揉んでいくブナの手の感触を意識しながら泰貴は次第に深い平安に浸っていった。その感覚にはすべての思考と理屈を否応なしに押し鎮める力があった。

目が覚めた時、泰貴は自分がどこにいるのかすぐに分からず、綿のような半透明の靄に包まれたまま、ぼんやりと周りを見回した。目の前でブナは笑みを浮かべている。

左手にある壁時計の針の位置に気づいて、泰貴は声を出した。

「ブナ、随分延長してくれたな。もう閉店の時間じゃないか。いや〜、すっかり寛いだ。なんだか生まれ変わった気分だ。そうだ、延長料金を払わないと」

笑みを浮かべたまま、ブナは首を横に振った。

「当店にはそういう料金設定はないのでサービスとして楽しんで頂ければ幸いです」

泰貴は頭だけで小さくお辞儀をした。せっかく味わった心の安らぎが再び消えてしまうのが怖くて、時間を少しでも引き延ばしたかった。虚無に支配された世界にすぐ戻るのは気が進まない。

「じゃあ、どうだろう。お礼に近場で何か美味しいものをご馳走さしてくれないか」

「そういう話なら乗りますよ。さっさと店じまいをして、幸子に連絡を入れますから、着替えてちょっと待ってて下さい」

二人は「足のオアシス」の斜向いにある「イエスタデー」に入り、カウンターを素通りして、奥の方の掘り炬燵に座った。過去に家族で何度か日曜日の夕食を摂った店だったが、施術の余韻がまだ残っている泰貴には特別な感情は湧かなかった。

彼は生ビールを頼み、ブナは夏限定のモヒートを注文した。

乾杯すると、ブナはライムとミントの香りが漂う冷たいカクテルを口に運んだ。

「実は幸子が今の僕の店の物件を見つけてくれた夜、一緒にここで飲んだんですよ。軽く酔っ払って帰ろうとした時、彼女が道路の向こう側のテナント募集という看板に気づきました。それがすべての発端です。偶然でしたけど、彼女には本当に感謝しています。あれから一年が経とうとしていますが、お客さんもついて店はほぼ軌道に乗っています。全部幸子のおかげですよ」

泰貴はすぐに何も答えず、通りかかったウェイトレスに店自慢の創作料理や串焼き、飲み物のお代わりを注文した。それからブナの顔を正面から見つめた。

「ブナ、女房が味方についてくれる男は強いよ。必ず成功する。女房の鋭い勘、女房の優しい理解、それに女房のひたむきな愛があってこそ、男は伸びるのさ。この俺だって、多枝子がいてこそ、会社を無事に経営し、それなりの富を得て、家族を築くことができた。いつも偉そうに振る舞っていたけど、主導権を握っていたのは彼女の方だった。何をするにせよ、彼女に相談して必ず彼女の判断を仰いだ。その結果、いろんなことがうまくいった」

料理が運ばれ、二人はしばらく無言で食べた。

ビリー・ジョエルの「ジャスト・ザ・ウェイ・ユー・アー」が流れていた。まるで泰貴の告白に合わせたかのように。ところが二杯目の生ビールを飲み終えた時、彼は精神が施術前の不安定な状態に戻りつつあることに気づいた。それはまるで急斜面の濡れた草地を滑り落ちていくような感覚で、一切抵抗できなかった。心は再び悔恨の念に覆われ、息苦しくなった。やはり多枝子に胸の内を明かすべきだったのだ。

「ブナ、多枝子と死に別れたことはもちろん辛い。さっきブナの店で話した通りだ。でも一番辛いのはね、ちゃんと話さずに死に別れてしまったことだ」

「どういうことですか」とブナは聞き返した。

「多枝子とは見合い結婚をしたということは、ブナも知っていると思う。俺らの時代には、見合いはまだ多かった。仲人さんがいて、お互いの両親がいて、ちょっとした料亭で多枝子に初めて会った。はっきり言って堅苦しい席だった。それでも彼女に一目惚れした。俺の目にはこの世で最も可愛らしい女性に映った。若くて綺麗だったのはもちろん、性格も優しそうだったし、芯も強そうだと直感した。しかしそんなことを口にできる状況でもないし、内心、この人と一緒になりたいと願っただけだった」

「一緒になれたんですから、お義母さんも同じ気持ちだったでしょうね、きっと」

「どうだろうね。ただ単に、拾ってあげないとこの人はずっと天涯孤独だろうと憐れんでくれただけかも知れん。とにかく、今の話で大事なのは多枝子の気持ちじゃなくて、俺自身の彼女に対する感情だ。結婚生活を送れば送るほど、俺は益々彼女に夢中になった。見合いの席での最初の直感通り、彼女は理想的な妻になり、理想的な母親になった」

泰貴は目頭を熱くしながら喋り続けた。

「彼女の言葉の一つ一つ、仕草の一つ一つに、俺は文字通り魅了された。態度にこそ出さなかったけれども、彼女の淑やかな魅力の虜になった。歳を取ってもそれは少しも変わらなかった。ずっと惚れていたし、ずっとときめいていた。それに、一度も言葉にはしなかったけど、いつも感謝の気持ちで一杯だった。彼女自身に感謝し、そんな彼女を与えてくれた人生にも感謝していた」

泰貴は長く息を吐いた。ブナは身を乗り出して言った。

「言葉にしなくても、周りの人は皆、お義父さんがすごい愛妻家だということを知ってましたよ。言葉に出さなくても、態度にそれがはっきりと現れていましたからね」

泰貴は頭をゆっくり左右に振った。

「ブナ、周りはどうでもいい。問題は一度も直接、多枝子本人に自分の気持ちを伝えなかったことだ。若い頃は照れ臭かったたし、歳を取ってからは今さら言いにくいという変な意地が邪魔した。まあ俺だけじゃない。多くの日本人は阿吽の呼吸で心が通じ合う、暗黙の了解で分かり合えると信じている。だから感情を敢えて言葉にしないことが一種の美徳とされている。でもね、俺はこんな目に遭って、愛する者に対してはっきりした意思表示をしないことは大きな罪だと感じている。やはり何があっても、多枝子に愛と感謝の言葉を伝えるべきだった。そうしなかったことが俺の人生で最大の後悔だ。俺はきっと、死ぬまで悔やみ続けなくてはいけないだろう」

第二十二章

川端恵美の再会の旅について即座に打ち明けたのと同じように、ブナは泰貴の悩みについても、幸子に報告した。そんなことを秘密にしておく理由は何ひとつなかったし、泰貴も、夫婦でそんな会話が交わされることを想定して話したに違いなかった。

話を聞いた幸子は納得した様子で頷いた。

「如何にも父らしい発言ね。あの人は、国内にも海外にも、母を旅行にこそ何度も連れて行ってあげたけど、優しい言葉をかけたり花束をプレゼントしたりするようなことはできなかったの。絶対にできなかった。いつも母にぶっきら棒に接していた。あの世代の日本人男性にありがちなことと言えばそこまでだけど、父の場合はちょっと特別だった。あの人、本当は母に甘い言葉をかけたかったのよ。大事なお姫様のように扱いたかった。でもそれができなかった。母はそのことをよく知っていた。あなたのお父さんは本当に不器用な人だわ、と私に何度も言っていたもの」

「やっぱりお義母さんはちゃんと分かってたんだね。僕もそう思った」

「でも父は不安だったと思う。そう、二重の意味で不安だったはず。まず気持ちは言葉にしないと充分に伝わらないんじゃないかと恐れていた。でも告白することによって母の心の有り様を知るのも恐かった。あれだけ長く仲睦まじい夫婦として生きてきたのに、いつまで経っても母の気持ちに自信が持てなかったの。彼は母の口から直接それを聞きたかった。でも母は母なりに意地を張ってたの」

幸子は懐かしそうに微笑んだ。

「父が殻を破って先に言わないと、絶対に自分からは言わないと決めてたみたい。どっちもどっちだよね。二人とも頑固で。とにかく父がそんなに後悔してると聞いても私はちっとも驚かない。ただね、厳しい言い方だけど、自業自得。今となっては何も変えられない。後悔先に立たず」

幸子はブナを悪戯っぽい目で見た。

「だからブナも、私に愛の言葉を充分呟かないといつか後悔するかもよ」

ブナは笑った。

「それは避けたいね。だからいいよ。素直に言おう。僕は幸子のことを世界中の誰よりも愛しているし、幸子も僕を愛してくれていると信じている」

「そう来なくちゃ！」幸子も笑い声を上げた。

その後、短い沈黙があった。

ブナは少し迷ってから、泰貴と飲んで以来、漠然と考えていたことを口にしてみた。

「実はさ、ちょっと大胆な発想が頭を過ったんだ。つまり、お義父さんこそ、あの足裏の一点を押してみたらどうだろうかって。まあ正直言って、お義母さんはもはやこの世にはいない人だから、魔法が果たして効くかどうか、自信はない。それでも、お義父さんのため、彼の心に少しでも平安を与えるためなら、ダメ元で試してみたい」

幸子は考え深そうにブナの目をしばらく見つめ返していた。

「確かに大胆な発想だわ。ブナが言うように、父の場合、何かが起きるのか起きないのか本当に未知の世界ね。あの現象は一体、どういう法則で発生するんだろう。私にも分からないけど、父のために、機会があるのなら、挑戦して欲しいと思う。そう、大胆不敵に――」

二人の結論は一致した。しかし、その機会はなかなか訪れなかった。

「足のオアシス」には客が、強風に吹かれた浜辺の波のように立て続けに来る日もあれば、閉館時の美術館よりも暇な日もあったが、いずれの日にも泰貴は姿を見せなかった。時々家でばったり会うとブナはさり気なく誘いの言葉をかけたが、そのうちまた行くよと言い返すだけで泰貴は一向に実行に移さなかった。

無理強いはいけないと観念し、ブナは地道に働き続けた。

第二十三章

その日の午後は、古賀由香子の足を揉んでいた。

二十七歳の若い母親。生後七ヵ月の愛梨を連れてくるのは四回目だ。愛梨はとても大人しい赤ん坊で、母の胸に抱かれて、意味をなさぬ言葉を発しながら周りを眺めたり、玩具をいじったり、さもなくば静かに眠っていた。

穏やかな陽気だったので、ブナは暖簾をかけて、店内にクラシック・ギターのＢＧＭを流していた。音量を調整してくれたのか、珍しく商店街の音楽は気にならなかった。

左足の頸椎の反射区に手を伸ばした時、愛梨がぐずぐずし始めた。前にも一度あったしっかりした自己主張だ。母親である由香子は言うに及ばず、ブナもその意味を察した。

「ちょっと待って下さいね。今タオルを持ってきますから」彼は立ち上がって言った。

「すみません。お願いしていいですか。もう、この子は食いしん坊で困ります」

数分後には大きな薄紫色のバスタオルを申し訳程度に胸の前にかけて、由香子は一切憚る様子も見せず、パーカーのチャックを開けて愛梨に乳房を与えていた。二回目に経験するこの施術中の授乳をブナは嬉しく思った。セネガルでは日常的な光景だが、「足のオアシス」という密室空間でこういう状況がこうも自然に生まれるのには、それなりの信頼関係が前提になるからだ。

バッハのシャコンヌが柔らかく流れ、古賀由香子は安心して足をブナに委ねて、小さな愛梨は時々——如何にもそれらしい——音を立てながら乳首を吸い続け、完璧な調和が成立していた。施術が右足に移った時には、母子ともにぐっすり眠っていた。愛梨は満ち足りた表情で、古賀由香子は落ち着き切った様子で。

世の中は平和そのものだった。

第二十四章

泰貴は三週間ほど「足のオアシス」へ出かけたい気持ちを懸命に我慢した。

ブナの店に足を運べば心地よい安らぎが約束されていることは分かっていたが、悩める寡夫として、そんな癒しの場に現実逃避するのは如何なものかという変な意地があった。時々ブナは誘ってくれたが、泰貴はその都度、曖昧な言葉で断った。

楽になることを己に厳しく禁じているのを自覚しながら。

ところがある日、植木屋と庭の手入れの打合わせをしていて、マウンテンバイクで出かけていくブナから声をかけられた瞬間、なぜか気持ちが揺れた。

「お義父さん、今日は予約が一つも入っていなくて困っています。可哀想だと思って好きな時間に来て下さいよ。じっくりと長めの施術をしますから」

なるほど、自分のためではなく、婿に仕事を与える目的で行くなら、さほど良心の呵責に悩まされることもないと泰貴は思った。一種の慈善事業と考えればいい。

ところが、この上なく座り心地のいいリクライニングチェアに身を委ねているうち、泰貴はまんまとブナの罠にはまってしまったことを悟った。しかし、時すでに遅し。タオルケットをかけられ、美しいチェンミンの二胡の曲が流れる中、ブナの手に絶妙な圧で包み込まれていた。

泰貴は苦笑しつつ、言い訳をするかのような言葉を口にした。

「ブナ、不思議だね。多枝子を亡くした悲しみは永久に消えないだろうし、この前話した後悔の念を意識しない日もない。でも、この椅子に座っているといろんな悩みから解放されるような気がするよ。この店の雰囲気なのかね」

ブナは唇を軽く噛むようにしてから答えた。

「僕にはお義父さんの辛い思いを決定的に癒すことはできませんけど、束の間の安らぎなら提供できると思います。だからしばらくの間、何も考えずにゆっくり寛いで下さい。そういう時間も大事ですから」

泰貴は無言で頷き、目を瞑りそうになったが、なぜかブナの表情が一瞬気になった。

正確に言うなら、顔つきというより、目の光がいつもとは微妙に違った。何かを覚悟したようでもあり、また何かに非常に集中しているようでもあった。しかしそれは束の間のことに過ぎず、疑問を口にしようとした時にはブナの目はいつもの落ち着いた輝きを放っていた。

「それではお義父さん、始めていきますね」

そう言われると泰貴は小声で「ああ、よろしく」とだけ呟いて、今度こそ目を閉じた。

足にはこれほど多くの独立した箇所があったのか、と改めて驚くほど、ブナの指は一定のリズムを刻みながら次から次へと様々な場所を刺激していった。いつものように泰貴はすぐに深い寛ぎを覚えた。

　ところが、ある一点を押された瞬間、突如として、全身が背中側から徐々に引き上げられていくような奇妙な感覚に襲われた。と同時に動悸がして、耳も鳴り出し、全身に鳥肌が立った。あまりにも奇怪な感覚に、泰貴は反射的に瞼を固く瞑った。それでも「足のオアシス」から一瞬にして別の空間へ移動したことだけは察知した。樹脂や草地特有の香りが鼻をつき、風が頬を掠めた。

　激しい動揺に襲われ、うまく呼吸ができなかった。いや、これは恐らく夢を見ているだけだ。施術の途中で眠ってしまい、今夢の世界の中にいる。その証拠に、この独特な現実感は夢ならではの感覚に近い。そう解釈することで、泰貴は差し当たって気持ちの昂ぶりを鎮めようとした。

　ただその一方で、大自然の芳しい香りに包まれながら後ろ向きで上昇する、という状況には、はっきりと覚えがあった。二十年前の夏、多枝子と二人でスイスの山を訪れた際に、世界一の急勾配を走る登山列車に乗った。太古から龍が住んでいると言われ、イエス・キリストを死刑に処したローマ総督ピラトの亡霊が各地を彷徨った末に辿り着いたとの伝説もあるピラトゥス山へ登る列車だった。

とても遠い記憶なのに、その情景は瞬時に泰貴の脳裏に蘇った。

走る本数がそれほど少ないわけではないが、一両しかない列車に一度に乗れる客の数は限られており、観光客でごった返す麓の小さな駅で二人は二時間以上も待たされた。ようやく改札を通って真っ赤な車体の列車に近づいてみると、内側の座席はまるで急な階段のようになっていた。

座席は向き合っているのだが、急勾配の関係で進行方向に向かって座った多枝子は反対側に腰を降ろした泰貴より低い位置にいた。周りには六人の乗客が乗り合わせていた。

すべての窓を全開にした登山列車は、燦々と降り注ぐ午後の陽光を浴びながら、ゆっくりと標高二〇六七メートルの山頂を目指して登り始めた。ラックレールに両側から食い込む歯車の音が響き、車体が微かに振動した。

やはり、ブナの施術中に眠ってしまい、夢の中であの場面に戻ったのだ、と泰貴は自分に言い聞かせた。しかし、もしそうだとすれば、今、瞼を開けたら、多枝子は目の前に座っているかも知れない。

その可能性を思い浮かべただけで胸が激しく騒いだ。そしてまさにその時、もう二度と聞くことはないと諦めていた懐かしい声が耳に入った。

「あなた、こんな美しい景色も見ずに、どうして通勤中のサラリーマンみたいにうたた寝していらっしゃるの？　もったいないでしょう」

　ハッと目を開けた泰貴は心臓が止まりそうになった。生身の多枝子は自分より低い位置に、満面に笑みを湛えて座っていた。二十歳も若い彼女は、問いたげな目で彼を見つめ返していた。

　感動と嬉しさが込み上げる一方で、泰貴はパニックに陥っていた。果たして何が起きているのか。俺は気が狂っているのか。これは何かの幻か――。答えは一向に出なかったが、多枝子の様子にも周りの景色にも、あまりにも強く明白な現実味があり、これは夢ではないということだけは理解した。

　説明はつかないが、明らかに別の種類の現実がさっきまでの「足のオアシス」の現実に取って代わっていた。混乱を辛うじて抑えつつ、泰貴は少し上擦った声で多枝子に答えた。

「時差のせいか、ちょっと眠気に襲われたみたいだな。でも、もう大丈夫」

「時差ボケってことはないでしょう。こっちに来てから一週間以上経つのよ。やっぱりあなたは乗り物に弱いのね」

　なんて生き生きとした、温もり溢れる声だろう。泰貴は、喜びで胸が弾み、多枝子をその場で抱擁したい衝動に駆られたが、人智を超えた状況の不思議議や、周りにいる乗客の視線が気になって何もできなかった。

　一体どんなカラクリで、どんな運命の巡り合わせで、こんな場所で多枝子と再会できたのか。気持ちの整理がつかず、最初は息を整えるだけで精一杯だった。

それでもそのうち、目眩も耳鳴りも収まってきた。

やがて泰貴は、あるいは何も考えない方が賢明なのかも知れない、と思い始めた。何かを理解しようとしても、こめかみが疼くだけだ。理解できなくても、奇跡としか呼びようがないこのありがたい状況を、ただ従順に享受すべきなのではないか。何しろ、多枝子は目の前にいて、生きている。それはどんな精神の混乱にも打ち勝つ僥倖《ぎょうこう》だった。動揺を悟られまいと、彼は努めて明るい口調で言った。

「確かにこれは絶景だ。ちゃんと見ないといけないね」

遥か眼下には美しい湖があった。湖面は瑠璃色だが、その姿は少しずつ小さくなっていく。列車は時々深緑の針葉樹の森を通り抜ける。目の前が再び開ける度、斜面の緩やかな牧草地が視界に入り、その背後には険しい岩壁がそそり立っていた。

牧草地の所々に山小屋が建ち、周りで牛たちが草を食んでいた。空は果てしなく広く、果てしなく青かった。

「あなた」と多枝子は周りの外国人観光客を気にする様子もなく身を乗り出した。

「ちょっと麦茶を飲まない？　朝、宿を出る前に淹れたの」

「ああ、それはいいね。頂こうかな」

如何にも日本らしい麦茶の味と、窓の外のアルプスの風景の奇妙なギャップを意識しながら、泰貴はふと重要な事実に気づいた。二十年前と寸分変わらぬ状況にそっくりそのままフラッシュバックしたと思っていたが、そうではなかったのだ。かつて交わさなかった言葉を交わし、起きなかった出来事が起きている。前は麦茶など出なかった。

この不可解な世界においてはすべてがゼロからのスタートと解釈できるのかも知れない。依然としてわけは分からなかったが、泰貴は一段と嬉しい気持ちになった。この現実ではどんな行動も、どんな発言も可能な気がしてくる。

もしかすると、願ってもない貴重なチャンスかも知れない。

急勾配の山の斜面を、登山列車はカタカタと音を立てながら登り続けた。森林限界を超えたと見えて、周りの風景からは樹木の姿が消え、緑の牧草地と、それを取り囲むように聳える岩山の高い断崖絶壁があるだけだった。空気は大分薄くなって、全開の窓から入ってくる風も少しひんやりしていた。

多枝子は吟味していたガイドブックから目を上げて、少し興奮した口調で告げた。

「ねぇ、頂上には五つの散歩道と展望台があるみたい。山頂の駅より周りの山がさらに高いから、そこをトレッキングできるって書いてあるわ。最高峰のトムリスホルンまで登れば、往復で一時間半かかるって。ちょっと歩くけど、途中で〈花の道〉や〈天の階段〉を通っていくし、今日は快晴だからきっと爽やかな気分になれそうよ。ねぇ、ホテルにチェックインする前に行きましょうよ。ちょうどいい運動になるわ」

泰貴はまた小さな動揺を覚えた。この提案も、二十年前には出なかったものだ。

あの時は、帰りのロープウェーの発車まであまり時間の余裕がなく、山頂の駅のすぐ近くにある低い展望台に寄っただけだった。そうだ、あの時は日帰りでこの山を訪れたのだ。何かしら意外な展開を秘かに期待しつつ泰貴は乗り気で返事した。

「それはいい。せっかくだから、ちょっと山登りしよう。まあ、年齢相応にね」

多枝子は楽しそうに笑った。

「年齢相応？　何をおっしゃるの？　私たちはまだ充分若いのに」

泰貴は居た堪れなくなり、それを誤魔化すように冗談めかして返した。

「そうだね。特に君は眩しいほど若い」

多枝子は皆が見ている前で彼の膝を叩き、「それは大袈裟よ」と再び破顔一笑した。

山頂の駅で他の乗客と一緒に列車を降りた。普通のペースで歩き出したのに、やはり空気が薄いせいで頭が少しくらくらした。

多枝子が説明したように、山頂のはずなのに、岩場がむき出しになった急峻の山々が周囲に迫っており、よく見ると、多くの登山客がそれぞれの展望台に向かう細い登山道を歩いていた。

その賑やかな光景を目で追う一方で、泰貴は初めて自分が臙脂色《えんじいろ》のスーツケースをごろごろと引いていることに気づいた。なるほど、今回は山頂のホテルに宿泊するので荷物があるわけだと閃き、思わず微笑んだ。

そんな彼の心を読み透かしたように、多枝子は前方の大きな建物を指差して言った。

「ホテルはすぐそこだから、荷物を預けてからトムリスホルンに登りましょう」

ホテルのロビーは、上品で高級感があった。多枝子はフロントのスタッフ相手に得意な英語を駆使して、これから散歩に出かけるからチェックインまでこの荷物を置かせて欲しい、と頼んだ。堂々と振る舞う彼女の様子を泰貴は感心して眺めた。彼女の態度には忘れかけていた若々しさと快活さがあった。

ホテルを後にすると、一本道が続いていた。断崖絶壁を削って造られた平坦な散策コースの左手には、遮るものが何ひとつない絶景が広がっていた。右手の斜面には色とりどりの花や高山植物が育ち、それぞれに小さな説明書きの札がついていた。

「この辺が〈花の道〉みたいね」と多枝子は言い、嬉しそうに続けた。

「ねぇあなた、この可憐な白い花は何という花か知ってる？」

「あれじゃないか。スイスの国花、エーデルワイス」

「そうよ。ほんとに綺麗。よく見てみて」

近づいてみると、群生している純白の花は雪の結晶を連想させる幾何学的な形をしていた。表面は綿毛に覆われ、中央に薄い黄色の花が球状に集まっている。必要以上に自己主張をしない反面、どんな苛酷な環境でも平気で咲いていられるしたたかさも感じさせる花だ。鼻を近づけてみたが、香りはしなかった。

太陽の光を受け、そよ風の中で微かに揺れているエーデルワイスを観察し終えると、二人は再び歩き始めた。相変わらず多枝子は、軽快な足取りで先を歩いた。地元の登山客と擦れ違うと、向こうは陽気な声で「グルエツィ」と挨拶する。ドイツ語で「こんにちは」という意味だろうと泰貴は推測した。

途中からコースが狭くなり、つづら折りの階段道に変わった。このまま一挙にトムリスホルンという単独峰の山頂に行けるのだろう。道はとても急ですぐに息切れがした。それでも二人はゆっくりしたペースで登り続けた。言葉を交わさずとも、強い連帯感があり、泰貴は喜びを噛み締めた。するとパッと多枝子が振り向いた。

「ねぇ、後ろを見て。素晴らしい眺めだわ」

そう言われて振り返ると、山の麓まで途轍もない空間が広がっていた。谷間の湖や川、森、万年雪を頂いた遠方の峰々、氷河などが一度に視野に入り、泰貴は足がすくんだ。手すりを掴み直し、彼は多枝子の方に向き直った。

「これはまさしく風光絶佳だね。しかし、くらくらするな」

多枝子は微笑みながら、散策コースの最後の急な一直線を指さした。

「ここはきっと〈天の階段〉と呼ばれる場所ね。確かに空中を歩いていく感じだわ。足元は気をつけた方がいいわね」

彼女の指摘通り、細い尾根道はまるで天に向かうように真っすぐに伸び、視界には、地面の岩と草以外、蒼空が無限に広がっているだけだった。綱渡り芸人になった心持ちで、泰貴は一歩一歩、用心深く多枝子の後に従った。両側に鉄の手すりがなければ、とても歩けた場所ではなかった。

ここまで来ると他に登山客の姿はなく、風の音と午後の眩い光に包まれた巨大な山塊と、ただ対峙するしかなかった。

体力を必要とするきつい登りだが、泰貴はそれを厭わず足を前に運んだ。

頂上は狭かった。風の強さに一瞬驚いたが、三六〇度の壮大なパノラマを満喫した。単独峰の険峻のあまり、あるいは風のせいか、多枝子はバランスを崩しそうになりながら、両手で泰貴の上半身に掴まってきた。だが、恐がる様子を少しも見せず、幸福そうな笑顔を浮かべている。

彼女を軽く抱きながら、泰貴は感激した。目新しい光景に興奮する好奇心旺盛な少女に似て、多枝子は息を弾ませて、この上なく清々しい表情をしていた。

「あなた、ここは一番の絶景ね。ほら見て。あそこの、入り組んだ星座みたいな形をした湖がルツェルン湖でしょう。あっちの万年雪に覆われた山々も圧巻だし、麓の森や牧草地の緑とのコントラストが見事だわ。世の中にはこんな美しい風景があるのね」

泰貴も微笑みながら返した。

「そうだね。こんなスケールの景色は日本にはちょっとないね。今にも鳥になって大空を飛べそうな気がするよ。実に気分爽快だ。二人でこの山に登れて本当によかった。ここにして正解だったね」

細い体を泰貴の両腕で支えられながら、多枝子は嬉々として、美しく、彼に優しい眼差しを向けていた。風に抵抗して二人はほぼ抱き合っていた。

その時、泰貴は心拍数が急上昇するのをはっきりと感じた。周りに人の気配はなく、自分の気持ちを告白するには千載一遇の好機に違いない。ここで愛を告げなければと焦った。しかし言葉がうまく出てこない。この状況だからこそと思う反面、ここでいきなり愛を語るのは突飛だという変な躊躇がもたげてくる。

青い空はあまりにも明るく、高かった。絶景に囲まれている意識が逆に邪魔して、何も言えないまま時は過ぎていった。

気がつけば、多枝子は風に吹かれたまま、身震いをしていた。

「ねぇ、この天国みたいな場所にずっといたいけど、寒すぎるわ。いくら太陽が照っても、やっぱり風が冷たい。そろそろホテルに戻らない？」

彼女の言う通りだった。山頂にいたのは僅か十分ほどだが、体の熱を奪われていた。泰貴は悔しかったが、多枝子に辛い思いをさせるわけにはいかない。

「そうだね。ここで風邪を引いても仕方がない。戻ろうか」

泰貴は来た道を慎重な足取りで下りながら、自分の不甲斐なさを呪った。あの大事な言葉は、この美しい世界でも語れないものだろうか。伝えたい気持ちを封印したまま、すべてが終わってしまう運命なのか。

しかしそこからは、ぐずぐず思い悩む余裕もなかった。階段道の下りは思いのほか急で、勢いがつき過ぎてしまわないよう、細心の注意を払う必要があった。そうこうするうちに、四十分ほどでホテルに着いた。膝や、太股の筋肉が悲鳴を上げていた。

部屋は小さいが、明るくてさっぱりした感じの空間だった。

清潔そうで落ち着いた黄赤のカバーがかけられたツインベッドが並び、モダンなデザインの白いソファに同色のクッションが置かれていた。中央の丸い木のテーブルの上にはフルーツバスケットが用意されていた。

二人はしばらく寛いだ。あたかも普通の平日の午後を楽しむかのように。多枝子はソファに座ってホテルの案内の小冊子を読み、泰貴はベッドの上で横になった。

疲れてはいたが、目を閉じるとうとうとしてしまいそうで恐かった。ここで眠ってしまえば、この美しい現実が消えてしまうかも知れない。伝えるべき言葉を口にする機会は永久に失われてしまうかも知れない。しかし、身体を隅々まで支配する疲労感には抵抗できなかった。

目が覚めた時、ハッと驚き、慌てて周りを見回した。

まだ同じ部屋にいることが理解できるまで、少し時間がかかった。外から差す太陽の光が弱まり、室内は薄暗くなっていた。多枝子が風呂場の扉の前に立っていることに気づき、泰貴は胸を撫で下ろした。この世界の現実はまだ続いている。

多枝子は柔らかく声をかけた。

「よく寝る人ね。そろそろ夕食の時間よ。食堂に行きましょう」

食堂は、古い歴史を感じさせる優雅な趣の大ホールだった。客室がこぢんまりとしているのに比べ、とても広々としている。太い大理石の柱に支えられた高い天井からは、クリスタルのシャンデリアが下がっていた。テーブルとテーブルの間にはゆったりとしたスペースが確保され、片方の壁には、薪が燃える暖炉が埋め込まれ、もう一方の天井まである壁の高い窓の両側には、茜色の長いシルクのカーテンがかかっていた。

先客は小声で談笑していて、食器が触れ合う微かな音までもが耳に届く。

ウェイターが窓際のテーブルを勧めた。

多枝子に続いて椅子に腰をかけると、大広間が豪華な割には、心和む雰囲気であることに気づいた。そこには伝統と文化の重みがあり、精神を落ち着かせるゆとりが感じられた。

窓の外では太陽が沈みかけて、下界は既に薄闇に覆われていたが、すぐ近くの岩場はまだ明るい斜陽を受けていた。

気がつけば、ウェイターがメニューを差し出しながら英語で説明を始めていた。多枝子は泰貴のために通訳した。

「スペシャルは、スイス南部のティチーノ州の郷土料理でオッソブッコという肉料理にポレンタの付け合せ。同じティチーノ州のメルローの赤ワインがお勧めですって。スペシャルが駄目ならア・ラ・カルトで注文してもいいみたい。あなた、どうする?」

泰貴は苦笑して頭を傾げた。

「どうせメニューを見たって意味が分からないからお勧めの郷土料理とワインで行こう。こんな感じのいい場所で頂くものならきっとなんでも美味しいだろうから」

ウェイターが立ち去ると、多枝子は部屋で見たホテルの案内の小冊子で紹介されていたスイスの新しい高級食後酒について熱心に語り出した。

「さっきエーデルワイスを見たでしょう。あの花、実は冬に一度凍らないと翌年には咲かないらしいの。とても不思議よね。エーデルワイスの語源はドイツ語で高貴の白。花言葉は、尊い思い出。植物界で一番精油が少ない珍種として知られていて、どんな薬草酒や果実酒や蒸留酒とも違って、添加物を一切使用せずにこの花からお酒を造ることはずっと不可能と言われてきたんですって」

泰貴は思いがけない話題にどう反応していいか一瞬躊躇した。

「そう？　俺にはそもそも花からお酒を造るなんて発想はないな」

多枝子は嗜《たしな》めるように彼の腕を叩いた。

「それがね、そういうことを考える人もいるのよ。この国の有名な自然科学者とスピリットの専門家が五年がかりの共同研究をして、今年の春、ついに不可能が現実になったらしいの。百パーセント天然のエーデルワイスのリキュールが生まれたって、すごいわよね」

あまりにも夢中で話す多枝子に、泰貴は思わず笑みを零した。「まあ、きっと容易いことじゃないんだろうけど、花のリキュールって美味しいのかね」

「それが最高に美味しいらしいの。きりっと冷やして飲むので、花の名前と氷にちなんで、エーデルアイスという名前なんですって。このレストランに置いてあるそうだから、食後に頂いてみましょうね」

泰貴は笑みを浮かべたまま答えた。

「それが尊い思い出になるなら、喜んで君に付き合うよ。興味津々だね」

運ばれてきたオッソブッコという料理は、牛のすね肉のぶつ切りを香味野菜と一緒にトマトで煮込んだものだった。ポレンタの方は、トウモロコシの粉で作ったリゾットの一種だった。肉はとろとろに煮込まれていて、口の中で蕩ける感じが堪らず、付け合せのポレンタとの相性も絶妙で、赤錆色の肉と向日葵色のポレンタの色の対比まで美しかった。

食べ始めてから、二人は思い出したようにメルローの赤ワインで乾杯した。甘味が強く、優しくて柔らかな口当たりかと思えば、少し遅れて酸味がきて、甘味の輪郭を際立たせた。最後に熟した果物を齧ったような爽やかな果実味が残った。

多枝子は悪戯っぽい表情を見せて、

「美味しい。これじゃ、幻の食後酒の前に酔っ払ってしまいそうだわ」と呟いた。

「今夜はここに泊まるんだから、少しは酔っ払っていいだろう」

多枝子は、まあね、と乙女のような可愛らしい表情で頷いた。

オッソブッコとポレンタを口に運んでから泰貴は話題を変えた。

「そう言えば、もう結構いい時間なのに外はまだ明るいね」

多枝子は得意げに答えた。

「スイスはサマータイムを導入しているから、時計より時間が早いのよ。それにここは標高が高いから太陽が沈みかけても光線が届くんでしょう。完全な日没までまだ少しあると思うわ」

メインの料理とワインが終わると、ウェイターが勧める名物のデザートと食後酒のエーデルアイスを注文した。運ばれてきたビュンドナー・ヌストルトは、バターをたっぷり使ったさくさくのタルト生地に、胡桃などのナッツがぎっしり詰まったパイだった。

一方の花のリキュール、エーデルアイスはよく冷やしたクリスタルグラスに並々と注がれ、金色に輝いていた。泰貴は言った。

「高貴な白い花からこんなゴールドの液体が生まれるのも神秘的だね」

「そうね。とにかくもう一度乾杯しましょう」

「何に乾杯する？」

多枝子は目に笑みを湛えて答えた。

「二人の、この幸せな時間に乾杯するの」

グラスの脚を指先で持ち、軽く付き合わせてから一口飲んだ。花が原材料とは思えないほどまろやかでフルーティーな味が口に広がった。微かにスパイシーだが、驚くほど飲みやすい。三十七パーセントもアルコール度数があるとは思えないほど、軽やかだった。グラスを目の高さに上げたまま、泰貴は興奮して話し出した。

「これは確かにうまい。デザートのキャラメル風味とよく合うし」

「でしょう。特別な時間を演出するにはもってこいね」

短い沈黙の後、多枝子は陶然とした様子で外の風景を眺めながら呟いた。

「ねぇ、ここにいると、文字通り、自分の人生を俯瞰できる感じがするわ。あなたと巡り合えて、孝と幸子という子供に恵まれて、理江とブナという家族も得て、もうこれ以上望むものはない。ただただ感謝するだけ」

いきなりブナの名前を聞いて泰貴は小さな衝撃を受けた。一瞬、ここに辿り着いた不可思議な経緯を明かしたい衝動に駆られたが、余計な発言でその場の雰囲気を壊したくなかった。

「俺もこうして君とこの山頂の宿で美味しいお酒が飲めて幸せだよ。君の言う通り、一緒に歩んできた人生は素晴らしかった。それと、もう一つどうしても知って欲しいことがある」

とうとう待ちに待ったタイミングが来たことを知り、泰貴の胸は高鳴った。適切な言葉を懸命に探しながら、エーデルアイスを立て続けに二三口飲んだ。耳の後ろが熱くなり、酔いが一層回ったせいか、腹が据わった気がした。

広い食堂で他の客は静かに食事を楽しみ、二人にまったく注目していない。窓の外で高山の世界は刻一刻と日没に近づいていた。

何かを予感してか、多枝子は目に微かに涙を溜めながら彼を見つめ返していた。

泰貴はいよいよ意を決した。

「多枝子、今まで一度も打ち明ける勇気がなかったことを言いたいんだ――」

言いかけて、すぐに言葉が途切れた。やはり動悸が激しい。なんせ、本来の自分らしさを発揮するためには、普段の不本意な自分らしさを放棄する必要があった。半世紀近く取り続けた意固地な態度を改めなければならなかった。唾を飲み込んでから彼はなんとか続けた。

「俺はさ、君を初めて見たその日から、……君に惚れ込んでしまった。とことん恋に落ちてしまったんだ。……形としては見合い結婚だったけど、俺の中では立派な恋愛結婚だった」

また沈黙が訪れ、泰貴は腕を組み、深く呼吸した。

「――その後も、言葉にはできなかったけど、俺はずっと君を愛し続けてきた。とても強く」

震える声で、最後の言葉を絞り出した。

「そして今も、この瞬間も君を愛している。……この歳になって妙な告白だと思うかも知れないが、この気持ちをやはりどうしても君に伝えておきたかった」

多枝子の目から涙が溢れ、頬を伝っていった。

「あなた、そんなことはとうの昔から知ってるわよ。ドライなふりをしても、あなたはとても分かりやすい人だから。でも、こうしてはっきり言われると、やっぱり嬉しいわ。とっても嬉しい。ありがとう、本当にありがとう。一生忘れない。この素敵な言葉をずっと私の大事な宝物にする。そして言っておくけど、私もあなたのことを愛しているのよ」

二人はそれ以上言葉を発することができず、じっと見つめ合った。が、やがていささか照れ臭くなり、途中で中断された大切な儀式を継続するように黄金色のリキュールの残りを飲み干した。

やがて多枝子は再び窓の外に目をやり、泰貴に声をかけた。

「ね、見て。夕暮れはとても美しいわ」

ホテルを取り囲む壮麗な岩場が、残光を受け、橙色と紫色とに染まっていた。上空には高積雲が細く棚引き、仄かなすみれ色に輝いている。その上には無数の星が煌めき、満月もその姿をくっきりと見せていた。それを別にすれば、辺りはやがて藍色の夕闇に包まれた。

その時、泰貴はブナの明るい声で目が覚めた。

「お義父さん、お疲れ様でした。長めのコース、終わりましたよ」

第二十五章

圧倒的な敗北感に支配されながら、菊池直樹は住宅街を茫然と徘徊していた。肺に充分な酸素が入らず、頭も働かない。体の末端が痺れ、歩幅は筋肉の弱り切った老人のようだった。

散歩になんか、そもそも出かけたい気分ではなかった。しかし、自宅の平屋にいると気が狂いそうだった。酒に溺れてしまいたい気持ちがないわけではないが、まだ午後の始まりで、開いている酒場を探すのも億劫だ。感情が乱れ過ぎている。

昨日から何も食べていないせいで、吐き気を伴う激しい空腹感を覚えていたが、それを空腹感と認識するには感覚があまりにも麻痺して、ただただ辛かった。

意識が朦朧とした菊池直樹は商店街に入ったことにすらすぐには気づかなかった。顔見知りの八百屋や魚屋から挨拶されたが、反応せずに素通りした。前日に届いたメールの衝撃が脳を完全に支配し、目からも耳からも情報が入ってこない。

そんな状態で、彼は「足のオアシス」の前に差しかかった。

たまたま店頭のチラシを配るために外に出ていたブナは、廃人のように足を引きずりながら進む菊池直樹の姿に気づいて、声をかけた。

「菊池さん、こんにちは。お買い物ですか。それともただのお散歩？　今日は爽やかな天気で気持ちいいですね」

その声は、直樹には濃い霧の向こうから辛うじて聞こえる雑音程度だったが、まるで綱渡りをする人が急に横から突かれたように、彼はよろめいた。驚いたブナは、その腕を反射的に支えた。

「大丈夫ですか。なんだか顔色が悪いですよ。どうしました？　ちょっと中に入って一服して下さい。僕は今、暇にしてますから遠慮なさらずに」

菊池直樹は力なく頷き、不安定な足取りで「足のオアシス」に入ると、倒れ込むように椅子に座った。

「菊池さん、何かあったんですか。幽霊でも見たような顔をしてますよ」

目眩を感じて、直樹は声を絞り出した。

「すみません、喉が渇きました。ちょっと水を頂けませんか」

ブナが渡したグラスを一気に飲み干すと、彼は昨日の夜から心を押し潰している事実を一息に吐き出した。

「僕はおしまいです。原稿を、原稿を返されて、出版を断られてしまいました。もう悪夢です」

ブナは目を丸くして、返答に窮した様子だった。

「原稿というのは、例の原稿ですか。編集者から連絡があったんですか」

直樹はパソコンの画面に現れたメールの文面を思い起こそうとしたが、不透明な靄に包まれ、はっきりと頭に浮かばなかった。胸を剣で刺されたような痛みだけが鮮明に残っていた。ほとんど過呼吸状態でブナの質問に答えた。

「昨日、出版社の度会さんからメールが届きました。今は動揺して細かい内容は思い出せないけれど、長いメールでした。前半の方で彼女は僕の文体や、登場人物の設定の妙、構成の魅力、心理描写の斬新さなどを言葉豊かに誉めて、もう、何もかも絶賛してくれました。これは経験からして、最悪のパターンです。必ずどんでん返しが来ますから。僕は読みながら、そのうち〈ただ〉とか、〈しかしながら〉とか、そんな接続詞が絶対に入ってくるだろうと嫌な予感がしました」

直樹は深い溜息をついた。口の中は錆びた鉄のような味がした。

「そうしたら案の定、メールが終わる最後の方で反転が待っていた。〈ところが残念ながら〉、という風に新しい文章を始め、度会さんは今回の作品に限って販売戦略を考えた場合、特に文芸書が売れないこのご時世において書籍化は困難だと言い出したんです。生憎お役に立てそうにありませんので、この原稿は一旦お手元にお返しします、お力になれずに申し訳ありません、みたいなあっさりした文句で締め括りました。言葉遣いこそ丁寧ですけど、要するに状況は絶望的です」

そこまで話すと、直樹は膝の間で両手を組み、固まったまま黙り込んでしまった。

「それは随分、厳しいお言葉ですね」とブナは困った様子で意見を口にした。

「しかし余所へ持っていけば、まだ可能性があるんじゃないでしょうか。何も一社にこだわる必要ないじゃないですか」

直樹は重々しく首を横に振った。

「名編集者の度会さんがあそこまで見込みがないと言ったら、それはつまり、僕の小説が駄作だということです。どこに持って行っても同じです。大手出版社の有能な編集者は駄作を見抜くだけの能力は持っているんですよ。単なる趣味や嗜好の問題じゃないです。というか、僕は度会さんに評価されないものを世には出したくありません。もう、終わりです」

ブナは放心した菊池直樹の肩に手を当てて、なんとか励まそうとした。

「そこまで悲観的になることはないでしょう。ショックを受けるのは分かりますけど、百歩譲って、仮にこの小説が日の目を見なかったとしても、少し休んでから別の何かを書けば度会さんや大勢の読者に認められる可能性は充分にありますよ。菊池さんはこれまで多くの作品を生み出してきたんですから」

直樹は前のめりになった。

「いや、それは考えられない。僕はこの小説に命を賭けました。この小説を書き上げるのに文字通り、骨身を削りました。もう空っぽです。新しいことを書く意欲も気力も消え失せています。昨日までは、未来の自分にそれなりの期待が持てました。いつか文壇に返り咲く時は来るだろうという希望を抱き、その〈いつか〉というのは、まさに今回の作品だろうと確信していました。しかし夢は破れ、未来の自分を奪われてしまいました。ここの店に辿り着いたのも全くの偶然で、これから何をすればいいのか、どこに行けばいいのか、皆目見当つきません。でもこれ以上ここにいたら迷惑でしょうから、とにかく出ますよ。長々とつまらぬ愚痴を零して申し訳ありませんでした」

直樹は立ち上がろうとしたが、身体がふらつき、再び座り込む羽目になった。彼を見ていたブナは考え込み、何かを決心したように切り出した。

「菊池さん、本当はまず食事に連れていくべきでしょうけれど、その前に取り敢えず施術をさせて下さい。足を揉めば、少しは物事を冷静に考えられるようになるはずです。騙されたと思って、僕にちょっと足を委ねて下さい」

唐突な提案だったが、茫然として、直樹には何かを判断する能力は残っていなかった。足もみだろうが、電撃療法だろうが、覚醒剤だろうが、精神の混乱を少しでも抑える手段があるなら、どんなものにでも縋りたいと思った。彼は弱い声で答えた。

「そうですか。じゃ、お願いしようかな」

なんとかブナが用意した半ズボンに着替えて足浴を済ませると、彼はリクライニングチェアに慎重に身を沈めた。気づくと、ボサノバのＢＧＭが低い音量で流れる中、ブナの手が足を揉んでいた。いつものように丁寧に、全力を傾注しながら。

五分も経たないうちに、効果が出て、直樹は心が和むのをはっきりと感じた。苦悶はそのまま現実のものとして残っていたが、気持ちが次第にそこから乖離していった。とても静かに、まるで微風に吹かれた雲がゆっくりと空を移動するかのように。

心地よい弛緩で、空腹感も吐き気もいつしか消えた。

お言葉に甘えて試してみてよかった、と一言、感謝の気持ちを伝えようとしたその時、ブナの指は、いつもとは微妙に違った角度からいつもとは違った一点を鋭く押し込んだ。

次の瞬間、菊池直樹は体が前方に動くのを感じた。

それはまるで、高速道路の追い越し車線に移ってから急に速度を上げるスポーツカーに乗っているような感覚だった。動悸は暴走する野生馬の群れのごとく激しくなり、息も上がり、突然の躍動感による驚きのあまり、すぐに目を開けた。

すると、ブナの落ち着いた店内が消えて、なんと、夜の都会を走る車の後部座席に座っていた。その場面転換はあまりにも唐突で、覚醒した状態で夢の世界を覗き込むようだった。

いや、覗き込むというより、体ごと夢に取り込まれたようだった。

しかしそこは根が小説家のためか、直樹は自分が一瞬で現実の壁を突き破り、別のマトリックスへワープしているという事実を比較的容易に呑み込むことができた。どの角度から見ても周りの夜景は普通のものではなく、光の具合、高層ビルの前衛的な形からしても、彼は明らかに異次元の東京を移動していた。

さらに驚いたことに、彼が乗っている車は地面を走らず、高さ十五メートルの空中を飛んでいた。しかも、その上にも下にも斬新なデザインの乗り物が早いスピードでスムーズに行き交っていた。

下界を見つめていた直樹は、ふと何かの気配を感じ、夜空を見上げた。光源に満ちた都心なのに、見事な満月がくっきりと目に入った。見慣れた月のように思えたが、すぐ異変に気づいた。大きな球体の周りに、赤道を取り巻く帯のように、太陽の光をきらきらと反射させる無数の欠片が浮いていた。菊池直樹は目を疑った。地球の唯一の衛星は、円弧の環が特徴の土星にどことなく似ていた。

唖然としながら、直樹は強い反発を感じていた。なぜこんな摩訶不思議なことが起きるのだろう。なぜ足もみの最中に忽然とこんなSF映画を思わせる奇々怪々な状況に巻き込まれなければいけないのだろう。それに、どこに向かっているというのだ。

その時初めて、斜め前の右側の座席にいる運転手の姿に気づいた。

色鮮やかなダッシュボードを前に、ドローンの操縦桿を連想させる細い棒を片手で軽く操る中年の男はとても柔らかそうな生地のフォーマルスーツを着ていたが、黒髪の先端部分は派手な蛍光色の赤紫に輝き、それは薄暗い車内で妙に目を引いた。

直樹は男に声をかけた。

「あの……、今どこに向かっているのかね」

男は振り向いて、柔和な笑みを見せた。目元の知的な印象にしても、誠意を湛える表情にしても、不思議と好感の持てる顔だった。

「小金井にある先生のご自宅ですよ。そういうお約束ですから」

滑らかだが、抑揚に欠けた妙な喋り方だった。まるで合成音声を聞いているかのようだ。

ともあれ、直樹には男の答えの意味は当然ながら理解できなかった。

「先生のご自宅？ 小金井？ 約束？」と彼は混乱して繰り返した。

運転手はもう一度振り返り、とても好意的な笑みを浮かべた。

「はい、先生はそのためにこのハイヤーを手配されました」

「ハイヤーって、この車は空を飛んでいるんだけど」

「ええ、ここ数年ＦＣ《エフシー》が主流になりましたからね」

ＦＣは〈飛ぶ車〉を意味するＦｌｙｉｎｇ Ｃａｒの頭文字だろうと容易に想像できたが、何かを付け加える前に運転手は断定的な口調で言った。

「とにかくご安心下さい。先生はお待ち兼ねですよ。あと十分ほどで到着します」

それ以上具体的な情報が得られそうになかったので、直樹は諦め、再び視線を外に向けた。この説明のつかない奇妙な現実にいきなり突入した数分前に比べて、空中移動の車は明らかに都心を離れ、郊外らしい場所に来ていた。高層ビルの姿は消え、こぢんまりした家が並ぶ閑静な住宅街が広がっていた。いや、よく見ると、東京の郊外にしては辺りが随分とゆったりしていた。

一帯は街灯の白い光に照らされ、小型の宇宙基地を連想させる丸っこい形の二階建ての家々の間には充分な間隔が空いていた。緑も多く、生活の余裕が感じられる清潔な環境だった。

ふと気づくと、車は停止し、地面まで降りていた。運転手は外を回り込み、菊池直樹側のスライドドアをタップして開けた。

「お疲れ様でございました。到着いたしました。こちらが先生のご自宅です。では、玄関までご案内いたします」とまたとても礼儀正しく述べた。

手入れが行き届いた庭を横切る砂利道を少し進むと、そこに立派な邸宅が建っていた。さっき空から見た小型の宇宙基地のような形ではなく、見たことのない――未来的としか形容のしようがない――四角い建築様式だったが、家の主が経済的に困っていないことだけは一目瞭然だった。二階部分の上に植物の多いルーフバルコニーがあったし、壁の素材は頑丈で高価そうで、綺麗に並ぶ五角形の窓の形状もこの上なく優雅で洒落ていた。

玄関らしい楕円形の扉の横の小さな装置からレーザー光線が伸び、運転手は眼球がその前に来るように、慣れた素振りで頭の位置を合わせた。すると扉が、シューッというエアロックを思わせる音を立てながら、スムーズに開いた。そこに一目でメイドと分かる若い女性が立っていた。

彼女はコスプレを思わせるメイドの衣装を着ていたが、息を呑むほど美しく、肩まで伸びた髪の毛の先端は、運転手と同じように、蛍光色の赤紫に光っていた。丁寧にお辞儀をしてから、彼女は――これもどことなく自動音声に似た――柔らかな声音で挨拶した。

「ようこそお越しくださいました。先生は二階の書斎でお待ちです。どうぞこちらへ」

無言で完璧な一礼をする運転手を残し、直樹はメイドの後を追った。成り行き上、他に取るべき行動の選択肢はなかった。

メイドの後ろ姿に思わず見惚れて、家の中の様子にさほど注意を払えなかったが、それでもそこかしこに新奇趣向の家具が置かれていることや、壁にチタンの額縁入りの〈動画絵〉とでも呼ぶべき作品が飾ってあることに気づいた。

幅のあるごくありふれた階段を上がると、正面には、なんの変哲もない木の扉があった。またどこかからレーザー光線が出るのかと思ったが、メイドは軽くノックしただけだった。中から男性の声が返ってきた。

「はい、どうぞ」

その声を耳にした瞬間、直樹は激しい胸騒ぎを覚えた。説明しがたい、強い既視感にも似た奇妙な感覚だった。しかしそれについて考える暇を与えず、メイドは一歩下がって彼を中へ通した。

広々とした書斎に入っていくと、まず天井まである高い書棚にびっしりと並ぶ夥しい数の本に圧倒された。普段使っている区立図書館よりよほど立派な蔵書だった。

「大したコレクションだろう。これは全部二十一世紀に出た日本文学の作品だ。それより古いものは地下にある。まあ、ソファにかけたまえ。話すことは山ほどある」

書斎の反対側にどっしりしたマホガニー製のアンティークデスクがあり、コンピューターの大型ディスプレイの後ろからさっきと同じ男性の声がした。その響きを聞いて、直樹は再び全身の皮膚が粟立つような身体の震えを覚えた。不気味さを通り越して、恐ろしさを感じるほどよく知っている声だった。

混乱を抱えたまま、彼は指示に従って取り敢えず部屋の中央にある革張りのソファに腰かけた。

マホガニー製のアンティークデスクの後ろからその老人がゆっくり立ち上がった時、もし直樹が座っていなければ、間違いなく失神し、卒倒してしまっただろう。老人の顔を見て、全身から血の気が引いた。

なぜなら、その老人は彼自身だったからだ。

老人になった自分は頭髪が真っ白で、顔の皺が目立ち、やや猫背になっていた。しかし表情にはかつてなかったような自信と茶目っ気が漂い、今より体重が少し増えているようだったが、至って健康的だった。決して悪い年の取り方ではなかった。

ともあれ、道理で声を知っていたのだ、と直樹はぼんやりと納得するのが精一杯だった。その点を除けば思考は目まぐるしく空回りしていた。未来の自分との思いがけない遭遇だなんて、全くあり得ない話だと腹を立てたい心境だった。

「愕然とするのは無理もない。何しろ、私は三十年後の君だから。驚いただろう。そう、こうしてまだ元気で生きているよ。そして人気作家として精力的に小説を書いている。今の私の観点から、三十年前の途方に暮れた自分に聞かせておきたいことがいろいろあって、君を呼んだわけさ」

中年の直樹にとって、三十年後の自分が喋っている言葉はまるで意味をなさず、年老いた自分の姿を茫然と見返しているだけだった。あるいは、あまりにも理不尽な出来事が立て続けに起きているせいで、とうとう精神の破綻を来たしたのかも知れなかった。

老人になった直樹は悠然たる態度で再び口を開いた。

「君はショックを受けているし、この後の話にもきっと驚くだろうから、君子にお酒を持ってきてもらおう。今ある酒類は君の時代とさほど変わっていないからなんでも好きなものを注文するがいい。カクテルもあるよ。そうだ、私はシャンハイを頂こう」

君子とは、どうやら書斎に入ってきたメイドの名前のようだった。品のいい繊細な顔つきで若い方の直樹の返事を待っていた。

彼は仕方なく、半ば呻くように声を絞り出した。

「そうしたら、僕はブラック・ルシアンかな」

「かしこまりました。少々お待ち下さい」

やはりどことなく人工的な響きのある声でそう言い残して、君子という名のメイドは軽快な足取りで書斎を後にした。

三十年の歳月を隔てた二人の直樹は束の間無言で見つめ合っていたが、年老いた方が思い出し笑いにも似た、和やかな言葉で沈黙を破った。

「そう言えば、あの頃の私はウオッカ・ベースをよく飲んでいたな。実に懐かしい。でも年を取るとやはりラムの方がいいね。落ち着くし、体も暖まるから」

若い方の直樹にとって、今は酒の好みはどうでもいい話だった。他に知りたいことはたくさんあった。彼の心を読み透かしたように、老年の菊池直樹は続けた。

「君は今、多くの疑問を抱いているだろうが、あまりいろんな説明を求めない方がいい。なぜこの空間に別の年齢の自分が二人いるのかとか、どうやって未来にあるこの場所に辿り着いたのかとか、そんなことは大して重要じゃない。君が関心を持つべき事柄は他にもっとある。時間も限られているので、早くそっちの方に意識を向けた方が賢明だよ」

説明にならないその説明に納得したわけではないが、未来の自分に牙を剥いても埒が明かない。中年の直樹は年老いた自分に質問を返した。

「さっき、人気作家として精力的に小説を書いていると言ったけど、三十年後の未来において僕はまだ小説を書いているという意味か」

老人になった直樹は満足気な表情で、ソファの向かい側にあるモダンなデザインのロッキングチェアに腰をかけた。その時、部屋の奥の方からシャム猫が出てきて、気怠そうに彼の足の近くに座った。

「書いているとも、書いている。しかも私は、つまり未来の君は、幾つもの賞を取って、ベストセラー作家として飛躍している。作品は二十ヶ国語に翻訳され、国内外で広く支持されている。本が出る度にいつも記録的な発行部数だから必ず話題を呼ぶ」

真っ暗な過去からタイムスリップしてきた年下の直樹にとって俄に信じがたい話だったが、何かを問い質す前に、トレイにカクテルを載せた君子が再び書斎に入ってきた。

「お待たせいたしました。はい、シャンハイは大先生で、ブラック・ルシアンは若先生ですね。どうぞ」

と言って、洗練された手つきで二人に飲み物を差し出した。若先生と呼ばれた方の直樹は彼女の美貌にまた魅了された。と同時に、彼女の目にはこのシチュエーションは一体、どう映っているのだろうかと訝った。

彼女を見送った後、大先生と呼ばれた方の直樹は宥めるように告げた。

「まあまあ、君子のことは今すぐ説明するけど、その前に乾杯だ。こうして君と、つまり過去の自分と三十年ぶりで再会できるのは実に愉快だ。では、再会に乾杯！」

厳密に言えば、片方にとっては再会ではなく初めての出会いだったが、二人の直樹は同時に身を乗り出し、グラスの縁を付き合わせてからカクテルを一口飲んだ。

コーヒーリキュールの上質な香りと甘い風味が効果的に働き、若い方の直樹は気分が少し落ち着くのを感じた。アルコール度数が高いこともあり、年老いた自分と対面しているこの非現実的な状況に対する違和感も反発もいくらか鈍くなった。

若い自分の心境の変化を読み取ったかのように、老年の直樹はカクテルグラスの中のオレンジ色の液体を見つめながら、威勢のいい声で切り出した。

「さて、可愛らしい君子のことだけど、君も薄々気づいているとは思うけど、あれはもちろん人間じゃなくて、アンドロイドだ」

「アンドロイド？」

「そうさ。人間そっくりのロボットだ。君の時代に発展し始めた人工知能は極度に進歩し、人類は十数年前から思考力も判断領域も人間に限りなく近いアンドロイドの開発に成功した。見ての通り、人間に酷似しているから、ひと目でアンドロイドと分かるように、製造段階で髪の一部を特徴的な色に染めている」

「髪の毛の色？　ということは、さっきの運転手、あの人もアンドロイドか」

「そうだよ。アンドロイドだ。だから厳密に言えば、人じゃなくて、機械と呼ぶべきだね。とにかく、日本をはじめ、世界各国でアンドロイドの製造は広く普及して、様々な人種の様々なモデルが出回っている。君が惚れてしまうほど、瞳の表情や肌の木目まで人間にそっくりなので、間違わないように、国際商業条約で髪の毛を部分的に蛍光色に染めることが義務づけられている。これを別の色に変えたり髪を切ったりすると厳しく罰される。ただ、思考と感情の働きに対して即応処理可能な音声技術は、まだ外見と内部コンピューターのレベルに達していないから、声をよく聞くとちょっと不自然に響く」

壮年の直樹は大きく息を吐いた。

「僕の時代から確かにＡＩ技術の開発は進んでいたけど、ここまで日常生活に浸透したものになろうとは驚きだね。参ったな」

年嵩の直樹はシャンハイを一口飲んだ。

「この時代の労働人口の減少は、特に日本において、実に著しい。特に医療や教育やサービス業ではアンドロイドに頼らざるを得ない。だが、いくら機械やプログラムが優れていても、それでは代替できない人間固有の領域はまだ多くある。そういう能力が求められている分野では労働年齢にある人間に優先的に働いてもらう必要がある」

若い方の直樹は、その発言について考えながらカクテルの残りを飲み干した。そして思い出したように書斎の立派な書棚をじっくり見回した。本の背表紙を見ていると、話がいつの間にか大きく逸れてしまったことに気づいた。

「もういいよ。アンドロイドのことはいい」と彼は少し苛立って言った。

「それより、果たしてなぜあなたが、というか、三十年後の二十一世紀半ばの僕が、人気作家としてこんなゆったりした住宅地に佇む豪邸に、それもメイドまで雇って、暮らせているんだ？　現在の僕は精魂を込めた自信作の出版を断られたばかりで、未来を奪われたと悶えているというのに。一体、この三十年の間にどんな奇跡が起きたんだ？」

年配の直樹はその質問にはすぐ答えず、爪の先で空になった自分のグラスを軽く叩いた。

その微音を聞きつけたらしく、君子が可愛らしい笑みを浮かべてまた入ってきた。

彼女に目を向けたまま、老年の直樹は口を開いた。

「住宅地がゆったりしているのは、首都移転に伴って東京が大分暮らしやすい街に変わったからだ。でも君が知りたいのは、そういうことじゃないね。ええと君子、私たちのカクテルのお代わりを作ってくれ。私はダークラムを少な目でいい」

君子がグラスを下げて去っていくと、白髪頭の直樹は黒髪が艶々と光る直樹を不憫に思うような、それでいて懐かしむような眼差しで見た。

「君はね、つまり昔の私はあまりにも簡単に悲嘆に暮れてしまう。本当に脆い。それに大体、力み過ぎている。まあ、若いというのはそういうことだろうけれど、ネガティブ思考に負けて騒ぎ過ぎだ。それが一つ。次に君の極めて妥当な質問に答えるなら、その通り、人類の大半にとって大きな悲劇だったけど、私たちにとって一種の奇跡が確かに起きた。二十年前のことだけどね」

そこで君子は新しいカクテルを手に書斎にまた現れた。随分と短時間でカクテルが作れるものだと若い方の直樹は妙なことに感心したが、話を中断させたくなかったので感想を控えた。君子は滑るように再びすーっと退室した。

「君が今訪れているこの世界、私が極めて快適に暮らせているこの世界は、ヨニモス後の世界と呼ばれている」

「ヨニモス後の世界？」

二人が喋っているのに、年を取っても人間の声はあまり変わらないと見えて、部屋には同一人物の声が交互に響いていた。年配の直樹はそれを気にしない様子で続けた。

「ヨニモスは二十年前に月の裏側に衝突した巨大隕石の名前だ。より正確に言えば、その隕石を初めて発見したスウェーデン人の天文学者の苗字だ。小惑星の反射スペクトルを研究していた彼は、火星と木星の軌道の間にある小惑星帯から直径数百キロの巨大隕石の雨がまっしぐらに地球に向かっていることを発見した。時間もなければ、そのコースを修正する手立てもなく、世界中に文字通り、衝撃が走った。何しろ、一つの大陸がまるごと滅亡してしまうほどの壊滅的な被害が予想されたからね。最初のうちは研究者たちがもっぱら落下地点の特定に奔走した」

豪華な邸宅は深い静寂に包まれていた。まるで重大な秘密を隠しているみたいに。

「ところが、隕石のコースと地球到達までの時間を入念に分析したところ、落下予想時にはちょうど月が地球と外側の宇宙空間の間に移動してくることが判明した。地球と月の間の距離は分かっていたし、月の公転周期を測定する方法もとうの昔に確立されていたが、月がシールド、つまり地球を守る盾になってくれる計算が導き出されるまで時間がかかった」

老年の直樹が喋っている間に、シャム猫が起き上がって、若い方の直樹に近づいてきた。猫らしく、あくまで気紛れに、撫でて欲しいという素振りを見せながら。彼は無意識に手を伸ばし、猫の頭と背中を撫でた。その間、話は続いた。

「ともあれ、巨大隕石急接近という緊迫した状況に直面した人類は、月がピンポイントで間に割り込んできてくれることを知って、当然ながら非常に安堵した。だが衝突の際に、地球からその様子を目撃することは不可能だった。月の自転と公転の周期は同じなので地球から月の裏側を見ることはできないからね。眩しい閃光を伴う爆発が肉眼で確認できたわけでもなければ、衝撃波の影響で大きな地震が発生したわけでもない。思いの外、地味な出来事だった。だから衝突の事実を知っても、あるいは観測衛星の画像でモスクワの海が消えてしまうほどの大規模なクレーターができたことが分かっても、一般の人々はさほど動揺しなかった。ヨニモスという隕石の嵐が月の裏側に大きな穴を開けたという程度に捉え、どこか対岸の火事という雰囲気だった。地球そのものが無事だったから皆は胸を撫で下ろした」

過去の現実世界から来た直樹は、ある光景を思い出して話を遮った。

「ちょっと待てよ。ここに向かう途中、月の様子がおかしかったんだ。僕にははっきり見えた。

宇宙のゴミみたいなもの。それはヨニモスと関係しているのか」

人生の三十年先を行っている年配の直樹は頷いた。

「もちろん。ヨニモスが残した膨大な量の破片は重力と遠心力の関係で月の赤道周辺に集まってきて、現在もそこに溜まっている。私たちは今では月の環と呼んでいる。そしてこの月の環こそがヨニモス後の世界に決定的な変化をもたらしたと考えられている。というのも、ヨニモスは一種の鉄隕石だったけど、比重的には未知の鉱物も大量に含まれて、ヨニモスの破片からは極めて強力な電磁波が発生している。そこまでは科学的に把握されているけど、その先に起きた奇妙な現象は、あれから二十年経った今でも解明されていない。ヨニモスの月面衝突の約半年後からいわゆるモバイル通信が使えなくなった。その結果、モバイル機器を媒体にしたコミュニケーション、つまりネットやソーシャルメディアへのアクセスはほぼ一夜にして不可能になった」

若い方の直樹は最初に脳を過った単純な疑問を口にした。

「電波障害が起きたということか」

「当初は、もちろんそう考えられた。ヨニモスの破片から発生している電磁波の影響で地球の電波が妨害されて機能しなくなったんじゃないか、と。でもそうではなさそうだった。何しろ、テレビは普通に映るし、飛行機は交信しなから順調に飛んでいるし、電子レンジも動くし、ＧＰＳなどの衛星通信もなんの問題もない。次に、何らかの理由でＷｉ－Ｆｉや無線ＬＡＮに使用されている周波数帯域だけが駄目になった可能性が疑われて、実験的に社会的優先順位の低い他の周波数帯域を開けて割り当ててみたけれど、最初は回復したように見えたものの、また数日間で使用不可能になった。電源は間違いなく入っているのに、モバイル端末の画面はすぐ大昔のブラウン管テレビみたいな不気味な砂嵐状態になってしまう」

若い方の直樹は救いようのないアナログ人間で、ネットやソーシャルメディア、またそれを支える技術のことに疎いため、語彙は限られているが、また質問した。

「じゃあ、ウイルスかバグか、そういう類の問題かね」

「いや、バグというより、単独で存在しながらいわば自己増殖していく、そして感染速度が非常に早いという特徴からすると、むしろワームと呼ばれる故障に似た現象、との分析もある。諸説あるわけだ。でもまあ、君の言うように電波と関係する一種のウイルスに違いないね。ウイルスは人間の手によって作られなければ、自然発生はしないことは常識だけど、どうやら、巨大隕石の破片がウイルスのようなものを地球に送り込んだようだ。ただ感染方法も感染経路もまったくの謎だ。唯一はっきりしているのは、Ｗｉ－Ｆｉや無線ＬＡＮを使ったコミュニケーションが決定的に駄目になったということだ」

若い方の直樹は益々混乱し、無意識に二杯目のカクテルを口に運んだ。

「話は今一つうまく呑み込めないんだけど、とにかくこの時代の人は携帯とかスマホとかタブレットといったものが使えないわけか」

白髪の直樹はゆっくり頷いた。

「その通り。携帯電話、スマホ、タブレット、眼鏡型デバイス、ノートパソコンなど、モバイルデバイスを媒体にした通信はたったの半年間でまったく不可能になった。だからスマホを筆頭に、モバイル機器というものは世の中から完全に消えている」

短い沈黙があった後、中年の直樹は恐る恐る、

「でもそれって、とんでもない話じゃないか。いろんな意味で」と指摘した。

「もちろんそうだ。君の想像力を遥かに超えるほどのとんでもない話だ。ヨニモス直後の世界は恐慌に陥ってしまった。コロナ禍やウクライナ戦争をさらに上回るカオスだった。スマホなどに登録されていた膨大な量のデータが失われ、個人も企業も国家も右往左往した。情報伝達が途絶え、あるいは極端に悪くなったため、経済の混迷がすぐ巻き起こった。物流は麻痺し、株の取引もできなくなった」

話に耳を傾けながら、若い直樹はふと別のことを考えた。アンドロイドの君子は今どうしているのだろう。働いていない時はコンピューターの画面のようにスリープモードに入るのだろうか。話はそのまま続いた。

「ネット産業の分野ではモバイル端末利用でビジネスを成立させていた大手の多国籍テクノロジー企業は軒並みに破綻して、その周辺で商売していた中小企業も潰れるか、大幅な規模縮小を余儀なくされた。ヨニモス当時、日本ではネット産業の市場規模は七十兆円を超え、GDPの二十%を占める最大産業になっていた。ユーザーの九十%以上は最新世代のスマホで情報、ゲーム、漫画、アニメ、音楽やSNSなどにアクセスしていた。他の国も似たような状況だった。それだけに、ヨニモスが経済に与えた打撃は計り知れなかった。膨大な数の失業者が生まれ、株価の大暴落も起きた。経済の混迷は当然ながら政治や外交にも波及して、国際情勢はひどく不安定になった」

そこまで話すと、高齢の直樹は間を置いた。まるで年下の自分にヨニモスがもたらしたカオスのスケールを充分に想像してもらうだけの時間を与えるかのように。

「でもね、経済や国際情勢へのダメージは結局一時的なものに過ぎなかった。経済は深刻な状況ではあったけど、完全に修正不能というわけじゃなかった。早い話、無線で繋がっていたものを再び有線に戻せばいい。もちろんモバイル通信の停止によって多くの不便は生じたが、どれを取っても致命的なものじゃなかった。ネット産業は莫大なマーケットを失ったけど、パソコンを使い続けるユーザーも多くいたから完全に消えたわけじゃないし、各国はそれ以外の分野でも経済活動を広げ、新事業を立ち上げた。日本の場合は特にFCとアンドロイドの開発と製造に力を入れた。雇用率は再び上がり、結局、景気は三年ほどで限りなく健全に近い水準にまで持ち直した」

老年の直樹は再び少し間を置いてから、考え深そうに語を継いだ。

「ところが、ヨニモスは経済とは別の次元で大きな爪痕を残してしまった。そのことは社会を別の類の深い混乱に陥らせた。いいか。隕石が月面に衝突した頃、スマホを中心にしたモバイル機器のアクティブユーザーの数は全世界で六十億人を超え、人々のネットやソーシャルメディアに対する依存の度合いは極端とも言うべきレベルに達していた。この二つを抜きにして社会生活や仕事を営むことは不可能だった」

壮年の直樹は思わずズボンの後ろポケットを触ってみた。どうやらそこに携帯電話が入っていなかった。彼は意識を話に戻した。

「君の時代に始まったウェブの閲覧、メール、ライン、ユーチューブ、フェースブック、インスタグラム、スナップチャット、ツイッターなどに加えて、幾つもの新しいサービスが提供され、対人関係はすべてそれを軸にして成り立っていた。人類の八割以上を占めるようになったユーザーはスマホを忙しなくタップしたりフリックしたりスワイプしたりしながら、四六時中画面に目を凝らしていた。因みに、その光景は私の目には異様に映り、滑稽ですらあったけどね」

壮年の直樹は人生の先を知っている自分の話の流れをまた遮った。

「それは理解できるけど、ちょっと待って。さっきあなたは人気作家として今も精力的に小説を書き続けていると言ったけど、それはヨニモス後の世界で人々が再び本を、それも小説を読むようになったという意味か。ソーシャルメディアを失ったユーザーたちが巨大なブランクに直面して、それを埋めるいわば代償行為として再び活字の世界に興味を抱くようになったということか」

古希を過ぎた直樹は、不惑の角を曲がった直樹を片手で制するように手を上げた。

「いや、そんな短絡的な話じゃないよ。確かにモバイル端末を媒体にしたソーシャルメディアの飛躍的な普及と小説の読書離れとの間に因果関係はある。これは否めない。スマホだけでものを読むようになり、紙の本から離れてしまった人が多い。でもそれは氷山の一角に過ぎない。文学の電子化は進んだが、最終的には文芸書、特に紙の本の読書離れは深刻になった」

白髪の直樹は何かを計算するような表情で話し続けた。

「出版業界の最盛期は君が、つまりかつての私がデビューした一九九〇年代の半ば頃だったけど、その後は文芸書を中心に衰退がどんどん進んでいった。その背景に複雑で不透明な要因はいろいろあった。何もスマホだけが原因じゃないよ。世の中はただ、慌ただしくなり過ぎた、とも言えるかも知れないな。だけど、モバイル利用を失ったユーザーたちが手持無沙汰を弄んでそっくりそのまま読者に生まれ変わったという単純な方程式じゃないよ。もっと入り組んだ、予想外の感情の動きが起きたんだ」

老年の直樹は少し考えてから、話を本筋に戻すようにして再び語り出した。

「人類がモバイル通信から多大な恩恵を受けたのは疑いようのない事実だ。誰もそれを否定しようとは思わない。ただその一方で、情報過多、プライバシー侵害、スマホ中毒、ネットいじめ、フェイクニュースの拡散、過剰な承認欲求や自己顕示欲による精神への負担、快楽物質ドーパミンを求める中毒性など、様々な問題点が指摘され始めた。でも、これらのマイナス面は細かく検証され、利用改善のための新たな対策やルールが講じられ、皆はそれなりに安心してモバイル通信と付き合い続けていた」

老年の直樹はしばらく無言で考えを整理しているようだった。彼の全身からは年齢を超えた独特な落ち着きと貫禄が漂っていた。やがてまた口を開いた。

「何はともあれ、ヨニモス直前の世界では二つの相反する大きな動きが目立つようになっていた。一方では、人は相変わらず物理的に会ってお茶をしたり食事をしたりした。SNSから生まれたオフライン活動もいろいろあった。パンデミックの時にはテレワークが主流になったが、フリーアドレスの職場で共同で仕事をすることを選び続ける人々もいた。しかし他方では、人間はモバイル通信を通して益々バーチャルな世界に呑み込まれていった。モバイル通信でバーチャルに人と出会って、バーチャルに情報や映像を交換し、バーチャルにコミュニケーションを深め、ツイッターで心の叫びを発信して、ＡＳＭＲ動画などでバーチャルに癒しまで得たりした」

周囲の書籍の背表紙までが語り部の直樹に注目しているようだった。

彼は喋り続けた。

「人々はフォロワーの数や反応で生き甲斐を感じ、バーチャルな内容に刺激やときめきを求める一方で、時折深く傷づいたりもした。とにかく実際に会わなくても、昼夜を問わず大勢の人と交流して、不特定多数の人と常に繋がっていた。バーチャルという言葉が不適切だと君は思うかも知れないけれど、人間同士で直接関わり合っていない意味ではバーチャルと言わざるを得ない」

若い方の直樹は頭を傾げながら言葉を挟んだ。

「今の話と小説の関係はよく分からないけど、つまりあなたが言いたいのは、ヨニモスは人の心理状態、あるいは精神生活の方に経済云々の問題より遥かに大きな傷跡を残したということだね。人々の感情面で何か大きな狂いが生じたということだな」

年嵩の直樹はカクテルグラスを目の高さまで上げて、笑みを浮かべた。

「さすがの私だ、勘が鋭い。自分以外のことに関してはね。はい、君のいう通りだ。当時の社会学者はヨニモスによるユーザーの精神的混乱は一時的なものに過ぎないだろうと見ていた。つまり何かの理由で自分だけがモバイル通信にアクセスできなくなれば、それはストレスも焦りも不安も耐えがたいものだろう。だけど、皆が同時に、一斉にモバイル通信を同様に奪われたら、さほどの不平等感も生じず、そのうち新しい状況に慣れるだろうという見解だった」

年老いた直樹は一息置いて続けた。

「しかしその読みは甘かった。まったく予想外の事態が起きてしまった。携帯やスマホが使えなくなったわけだから、当然、至るところに公衆電話が再び設置され、また公衆パソコン端末や、携帯デバイス用の有線接続ステーションなるものも登場した。でもこれは人気がなくて、すぐに消えてしまった。やはり人々は常時接続性という状態に依存していた。そしてこの状態の喪失による精神的な打撃は思いの外、深刻で長期的なものだった。ワクチンや治療薬の開発やウイルスの変異でやがて収束を迎えたコロナウイルスとは違って、皆は不可逆的な状況に直面していた」

先輩の直樹は少し沈黙してから、長い説明を続けた。

「症状は少しずつ顕在化したが、ヨニモス後の人間はいとも簡単に情緒不安定になったり、激しい憂うつ状態に陥ったり、またパニック発作に見舞われたりして、単なる手持無沙汰の次元を超え、言うに言われぬ混乱と孤独に苛まれるようになった。仕事は辛うじてできても、余暇となると皆は虚脱して途方に暮れた。そう、単なる不便のレベルを超えて、皆は寂しくて不安でならなかった」

中年の直樹はシャム猫が部屋の奥の方へ戻っていくのを漠然と目で追った。未来においても、自分は猫と共に暮らしているのだろうか、と思わず考えながら。

「実に恐ろしい話だ。精神安定剤は爆発的に売れたんだろうな」と彼は言った。

年配の直樹はさも面白くなさそうに小さく笑った。

「まあ、それはそうだ。でも精神安定剤は問題の本格的な解決策ではなかった。そこかしこに現れた新興宗教も抜本的なソリューションを持ち合わせていなかった。事態の段階的な改善は意外にも、人間自身の心の中から生まれた。モバイル通信によって得られていた、常に無数の他者や、それに情報と娯楽などと繋がっている連帯感と独特な充実感を奪われたのは、言うまでもなく、ヨニモスのせいだった。直接の原因を科学的に解明できなくても、憎むべき相手は紛れもなく遠い宇宙空間から飛んできた巨大隕石だった」

彼は急にやや語気を強めた。

「腹を立てるなら、自然の理不尽な暴力、前例のない天変地異に対して腹を立てるべきだった。それは当然だ。ところが、人間の怒りと不審の矛先は少しずつ別の対象に向けられていった。多くの人は次第に失ったモバイル通信の世界それ自体に問題があったと感じるようになった。故障の原因を問題視するんじゃなくて、故障したシステム自体が悩みの発端だったと見做すようになった」

話の急展開にうまくついていけず、中年の直樹は眉間に皺を寄せながら、「ちょっと待って、その理屈がよく分からない。例えばどんな風に？」と尋ねた。

「例えばね、常時接続性が提供していた利便性には嘘があったとか、無限に見えたコミュニケーションの輪が案外と実体性に欠けていたとか、モバイル機器を媒体にした豊かな対人交流が本当は希薄なものに過ぎなかったとか、個人情報がほぼ際限なく共有されていた状況に問題があったとか、あるいは日常的に無料で手に入っていた大量のコンテンツにはさほどの信頼性も価値もなかったなど、それまで長年沈溺して、また膨大な時間とエネルギーを費やした世界を多くの者は次第に警戒して、やがて否定するようになった」

聞き手の直樹は頷いた。

「なるほど、モバイル通信を失ってみて初めて真剣に考えたわけだな」

「まあ、そういう意味ではその喪失は必要悪だったかも知れない。とにかく全員ではないにせよ、大変な数の人は段階的に、試行錯誤しながら、もっと実体性のあるもの、もっと体感できるもの、もっと本質的だと思えるものを手に入れようとした。アプリの点数や評価に踊らされることなく、自分の勘と足で辿り着いたものに憧れるようになった。その頃、コンテンツに対して金を払う習慣はとうに消えていたけれど、それでも、少しコストが発生しても、多少の苦労が伴っても、あるいは時間がかかっても、心から楽しめる、五感で味わえる自分だけの、独自性あるものを求めるようになった。本当に自分にだけ向けられたものが欲しくなった」

何かを思い出したように、高齢の直樹は付け加えた。

「また受動的に目で追うだけじゃなくて、実際に手で触れることができて、表情が直に見えて、肉声が鼓膜を揺らし、香りが鼻腔を刺激し、空気の震えまでが伝わるような経験や人間関係を望むようになった。分かりやすく言えば、かつての常時接続性に取って代わり、直接的な接触性に重点を置くようになった。コロナ期に味わった孤独な思いもそこで大きな影響を及ぼしたはずだ。パソコンでネットやソーシャルメディアに没頭する人は今でもいるにはいるけど、圧倒的少数派になったね。それ以外の者は積極的に出かけて、物理的に会える範囲で対人交流を楽しみ、様々な体験型のイベントに参加し、お店で現物を見て選ぶことを究極の贅沢と感じている」

壮年の直樹は興味が募るばかりだった。

「体験型のイベントというのは、例えばどんなものがあるの？」

「まあ、君の時代の人間の観点からすれば、さほど珍しいものでもないよ。とにかく生《なま》が楽しめるもの、一過性であることが実感できるもの、また他者と直接感動を共有できるものであれば、人は異様というほど集まるようになった。例えば講演会、コンサート、演劇、サーカス、蚤の市、お祭り、キャンプ、ボランティア活動、バードウォッチング、なんでもありだよ。そうだ、読書会に集うのも粋な趣味になったのさ」

それを聞いて、タイムスリップしてきた直樹の興奮は頂点に達した。

「読書会が粋な趣味？　ということはやっぱり小説は復権したのか。それであなたは、未来の僕が人気作家になったのか」

老年の直樹は若い自分を見て楽しそうに笑った。

「いろんなものが復権したよ。さっき言ったように公衆電話も、駅の伝言板も、雑誌も新聞も漫画も復権した。小説はそのうちのごく一部だ。ただ不思議にも、小説はヨニモス後の世界を生きる人間の本質志向とでも呼ぶべき新しい精神構造を大きく満たしてくれるものの一つになった。虚構の世界であっても、文学は嘘のない世界、誠実で真実味溢れる世界として再び歓迎されるようになった。また興味深いことに、有線ダウンロード式の電子書籍はあまり好まれず、文学を読む者は本物の本、物体としての本を再び買い求めるようになった」

若い直樹は言葉を失って、夢中で話に耳を傾けていた。

「消滅しつつあった出版業界の悲観的な予想を覆して、新時代の人は金を払ってでも美しい装丁や洒落た帯、本の厚み、手にズシンと伝わる重み、紙やインキの香り、ページを捲る音や手触りなどを再び味わいたくなった。繰り返すけど、かつてのスマホやタブレットなどのユーザーが挙って読者になったわけじゃないよ。比率的にはごく一部に過ぎない。ただ元の全体数が膨大だっただけに、ごく一部でも大変魅力的な数になっている」

老齢の直樹は満足げに微笑んでみせた。

「しかも、ものを実際に見て実際に手に取って買物をすることが主流になったので、多くの者はネット注文じゃなくて、本屋さんで買っている。ヨニモス後の新しい風潮の一側面に過ぎないとは言え、物書きとしては実に喜ばしい展開だ。そしてあれから十五年以上の長い歳月が流れたけれど、読者は今も変貌しつつある時代を反映する面白い小説を意欲的に求め続けている」

中年の直樹は気持ちを抑え切れず、両手を上げて再び声を発した。

「すごいね。それこそフィクションのような話だ。ところで、新時代の文学の巨星になるにあたって、あなたは、つまり未来の僕は一体どういう小説を書いているのか」

年配の直樹は謎めいた笑みを浮かべながら指先で白くなった眉毛に触れた。

「それは、君のこれからの課題だ。時間はまだたっぷりあるから、じっくり考えればいい。

料理が本当にうまい人はレシピを必要としないと同じように、充分な才能に恵まれている君は私のガイダンスを必要としない」

少し躊躇ってから彼はそれでも共犯者的な眼差しで呟いた。

「まあ、敢えて一つだけ小さなヒントを与えるなら、君はまずヨニモスがもたらしたような無線通信の急な停止や、それに伴う混乱を予測する小説で再びブレークし、その後はヨニモスを実際に経験した読者の心に強く響く憐憫とユーモアと刺激の入り混じった作品を発表し続ける。それが読者に受ける。現時点ではそれだけ知っていればいい。今は苦難があっても、書き続けさえすれば、展望は必ず開ける。落胆も焦りも捨てなさい。未来は輝かしい。それでも万が一、原稿をまた返されるようなことがあったら、そういう可能性もあるから、その時はカーネルサンダースのことを思い出すがいい。きっと心の支えになるから」

若い方の直樹には老年の自分が放った最後の言葉の意味が分からず、それについて質問を返そうと思ったが、そこでいきなり、ブナの声が耳に届いた。

「菊池さん、お疲れ様でした。以上で終了しました」

第二十六章

　ブナが泰貴から報告を受けたのは、最後に施術を行ってから三週間も経った後だった。泰貴にとって、気持ちを整理するのにそれなりの時間は必要だったが、二人が落ち着いて語り合えなかった理由はもう一つあった。

　途方に暮れた菊池直樹が「足のオアシス」を訪れた三日後。ブナと幸子は十日間の海外旅行に出かけたのだ。ブナが開業してからちょうど一年が経とうとしていたが、その間、彼は週一の定休日や年末年始以外は休みを取っていなかった。幸子とてアフリカへ何度か行ったものの、それらはもちろん休暇ではなく仕事だったので、相当の疲れが溜まっていた。

　そこで、多枝子の四十九日も済んだことだし、ブナの商売も安定した様子だったので、二人は一年の節目に久々で羽を伸ばすことにしたのだった。もちろん泰貴のことは気がかりだったが、孝と理江はしっかりと面倒を見ると約束してくれたので、その言葉に甘えて旅立つことに決めた。

　それまで夫婦で海外へ旅をする時はほぼ例外なく行き先はアジアだったが、その時幸子が選んだ目的地は珍しくハワイのマウイ島だった。

「私たちは行くところが偏り過ぎているのよ。たまには別の世界を見てみなくちゃ。世界中の人があれだけハワイに憧れているのにはきっとそれなりの理由があるはずよ。私はハワイの秘密、魅力を知りたい」と彼女は説明した。

ブナは半信半疑だったが、実際に現地に行くと、そこが神秘に満ちた美しい緑の楽園だという事実を認めないわけにはいかなかった。「太陽の家」と呼ばれるハレアカラ火山と「月の家」と親しまれるハレマヒナ山に挟まれた大地や、群青色に輝くマアラエア湾、深くて青い太平洋が織り成す風景は雄大というだけでなく、特別な何かを感じさせた。島全体に独特の解放感と神秘が漂い、それまで見たどの場所とも異なる文化と自然の豊かさが味わえた。

ブナと幸子は普通の海水浴に留まらず、ダイビングにもサーフィンにも積極的に挑戦した。ホエールウォッチングのクルーズに参加したり、乗馬をしたり、優しい情緒に包まれた西マウイの港町ラハイナをぶらぶらしたり、レンタカーで美味しいゴートチーズを売っている牧場を訪れたりと、充電の旅を満喫した。

ある日の午後、何気なくラハイナの中心から少し離れた、海に面した広場まで歩いていくと、「国際カヌー作り大会」が開かれていた。ポリネシアや環太平洋各地から集まったチームが、それぞれの民族伝統のカヌーを作っていた。木屑が飛び散り、機械音も凄まじかったが、海辺に並ぶ、完成した細長い、立派なカヌーの姿を見て、ブナは思わず故郷の町サンルイのグェット・ンダールで出番を待つ無数のカヌーを記憶に呼び戻した。

セネガルの伝統漁業に関する講演会が、隣にいる幸子と出会う機会になったことも思い出したが、それに触れる前に、突然スコールが降り出し、慌ててその場を離れた。激しい雨に打たれても、海の男たちは一心不乱に作業を続けていた。

夜は大概、海辺のホテルのテラスで夕食を摂り、貿易風に微かに揺れる椰子の木の向こうに沈む夕陽を眺めながら甘いカクテルのチチを飲んだ。絵に描いたような楽園の日々だった。ほろ酔いが訪れると、二人は主にブナの仕事について語り合った。

「もう今はすっかり慣れたけど、サンルイで生まれたブナがあの庶民的な商店街の足もみの店に落ち着いたのは、やっぱり不思議ね。最初はどうなるだろうと心配だったけど、順調そうで、本当によかったと思う。いろんな個性的なお客さんに恵まれてるし、ブナは高校教師をやっていた頃に比べるとずっと活き活きしているわ。だから私は応援する。これからもずっと」と幸子は告げた。

爽やかな海風を頬に感じながら、ブナは頭を軽く下げた。

「ありがとう。確かに遣り甲斐を感じている。そして君とあの謎の秘密を共有できて、やはり心強いよ。最初はかなり躊躇ったけど、話してよかったとつくづく思っている」

二人の耳元には、近くの浜辺に静かに崩れ落ちる波の規則正しい音が届き、時の流れはとても緩やかになっていた。ブナの言葉を受け、幸子は柔らかな笑顔を浮かべた。

「私も嬉しいわ。でも、我ながらよくあんな荒唐無稽な話が信じられたな、と時々思う。一体、どうしてそんな魔法みたいな不思議なことが起きたんだろう」

ブナは頭を傾げた。

「リフレクソロジーには大きな可能性があるし、謎も多いけど、こんなことがあるとは、はっきり言って僕もとても驚いている。まったく分からない」

「施術をいつも一生懸命やっていることと関係しているかも知れないね。それに、ブナに自然に身についているセネガル特有のテレンガというおもてなしの精神が思いも寄らない結果を生み出しているのかな？」

「確かにテレンガは困った人を助ける友愛の文化だからね」

少し考えてから幸子は続けた。

「私もいつか、謎の反射区を押してもらおうかしら？興味津々だけど、ちょっと恐いかも。ブナが人に害を及ぼしていない、迷惑をかけていない、寧ろ好ましいことをしているのはよく分かっているけど、やっぱりドキドキするね。それに私の場合、一番会いたい人は今すぐ目の前にいるし」

ブナは冗談めいた返答で嬉しい動揺を誤魔化した。

「黒人は赤面しないから、いくら照れ臭いことを言われても、僕は平気だよ。それより、お義父さんと、あの感情の起伏が激しい小説家は一体、施術中にどこへ行ったんだろうか。そこで出会うべき相手にちゃんと出会えたんだろうか。そのことはとても気になる」

幸子はそれについて少し考えてから、確信したように言い返した。

「日本に帰ったら、何かを打ち明けてくるんじゃない。その時は、私にも知らせてね」

第二十七章

休み明けの「足のオアシス」は連日、手に負えないほど繁盛した。十日以上も施術を受けられなかった客は集中豪雨のように次々と予約を入れてきた。忙しさのあまり、ブナはマウイ島の穏やかな日々が幻だったのではと疑うほど、疲労感に襲われた。

長期休暇で客足が遠のかなかったことは嬉しいが、指の関節痛と筋肉痛のあまり悲鳴を上げたい気分だった。

幸い、二週間ほど過ぎると、再び普段通りの状況に戻った。

泰貴が予約の電話をかけてきたのは、そんな特に客の多くない平日の午後だった。彼は驚くほど活き活きとした声で切り出した。

「久しぶりにじっくり足を揉んでもらいたい、というのは半分口実で、実はブナにどうしても聞いてもらいたい話がある。今日はどこか空いているのかな?」

言われてみれば、同じ敷地内に住んでいても、マウイ島からの帰国後の日々があまりにも慌ただしかったため、朝晩に擦れ違う時に会釈を交わす程度で落ち着いて言葉を交わす機会は一度もなかった。

「お義父さん、例えば四時に来てくれれば、後ろが空いているので施術もお話もゆっくり出来ますよ。その時間を押さえておきましょうか」

店に現れた泰貴の表情は見違えるほど穏やかだった。リクライニングチェアで久しぶりにじっくり対面してみると、その変わり様に気づかないわけにはいかなかった。彼の顔を覆っていた深い翳りのベールは消えて、目は輝き、心の余裕のようなものを漂わせていた。

右足をタオルで包み、左足にバームを塗ってからブナはさり気なく尋ねた。

「なんだかお義父さん、最後に来て頂いた時に比べて随分と顔色がいいですね。何かいいことでもありましたか。僕たちが旅行に行っている間に」

泰貴は落ち着いて胸の上で両手を組み、小さな笑みを浮かべた。

「ブナ、今日は何があっても施術中には寝ないよ。寝てしまうと何が起きるのか分からないからね。それに足を揉んでもらう間にブナに語っておきたい大事なことがある」

最初の反射区を刺激する時だけ、短い沈黙があった。ブナは軽い胸騒ぎを覚えた。

「実は、この前ここに来た時、奇跡が起きたんだ」と泰貴は安定した声で続けた。

「奇跡という言葉に驚くかも知れないけど、他に呼びようがないから奇跡と呼ぶ。君たちが向こうに行っている間、俺はずっとそれについて考えた。何しろ、一般常識ではまったく信じられない話だから。気持ちの整理がつかないまま、俺は繰り返し自分の身に起きたことを思い出しては納得のいく説明を求めた。でもそんな説明には未だに辿り着いていない。事実がそこに存在するだけで、どう思考を巡らしても答えは出ない。完全な謎だ。でも、もういいんだ、それで。俺は諦めた。論理や理屈に頼っても無意味だ。その代わりに、俺はあの幻のような、夢のような出来事を無条件に、あるがままに受け入れることにした。その方が救われるのだから。それでなんとか立ち直れそうな気がするから」

ブナは思わず手の動きを止めた。先をとても知りたいような、知ってしまうことが少し恐いような相反する心境になって、彼は慎重に口を開いた。

「お義父さん、ごめんなさい。話している意味がよく分からないです」

泰貴は笑みを浮かべたまま、片手を上げて彼を制した。

「それはそうだ。今の言い方はあまりにも抽象的だ。具体的に話そう。でも本当に常識外れの話だから、あらゆる先入観を捨てて心を無にして聞いて欲しいんだ」

泰貴はサイドテーブルに用意された白湯を一口飲んでからブナを真っすぐに見た。

「前回ここに来た時、マッサージの間に深く眠ってしまったけど、実はその眠りの中で俺は多枝子がまだ生きている場所を訪れた。でもね、それは決して夢じゃない。ブナは信じないだろうけど、俺は異次元の空間へすーっと移動して、そこで元気溌剌とした多枝子と再会した。そう、生前の彼女が実際に目の前に現れたんだ。まあ、異次元の空間と言っても、そこは二十年も前に二人で旅したスイスの山の上だった。最初はそこに単に逆戻りしたように思えたけど、厳密に言うと、単なる逆戻りじゃなくて、その現実を新しく生き直す機会に恵まれたんだ」

その告白を聞いたブナは内心、やっぱり、と思ったが、その感情を見せるわけには行かず、懸命に驚愕した表情を作ることに意識を向けながら口を挟んだ。

「お義父さん、僕の目の前にいながら、この椅子を離れて、スイス・アルプスでまだお元気なお義母さんに会われたんですか。夢の中じゃなくて」

泰貴は静かに頷いた。

「その通りだ。夢の中じゃなくて。俺は多枝子と二人で山に登り、息を呑むような絶景を目にして、山頂にあるホテルの部屋で少し休んでから心和む雰囲気のレストランで夕食を摂り、旨い地元料理と珍しい花の美酒を頂いた」

ブナは高まりつつある興奮を抑えて、必死で驚いている演技を続けた。いや正確に言えば、あらゆる想像を超える展開だったので、実際には大きな驚きを覚えてはいた。

「お義父さん、なんて言っていいか、何をどう考えればいいか、正直なところ、少し混乱しています」

泰貴は満足げな表情で返答した。

「それは無理もないよ。俺だって終始、狐につつまれた気分だった。でもそこは紛れもなく一つの現実世界だった。並行現実とでも言えばいいのかな。小説だったらそう呼ぶかも知れない。ともかく、俺はその世界で多枝子と二人で夕食を頂いた後、少しばかり美酒の酔いに力を得て、ようやく面と向かって彼女に自分の気持ちを打ち明けた。少し苦労はしたけど、多枝子に愛している、と告げることができた。そして多枝子は俺の告白をしっかりと受け止め、感激してくれたようだった。さらに、彼女も愛の言葉を呟いてくれた」

そこで泰貴は間を置いた。

ブナは深い喜びを感じた。あの足裏の一点の向こうにはやはりあらゆる予想を遥かに超える神秘と感動が用意されていたと感心した。面白い、実に面白いと思い、それについてゆっくり考えを巡らせたいところだったが、泰貴は明らかに彼の反応を待っていた。

「その謎の世界で生前のお義母さんに愛の告白ができたなんて、言葉を失ってしまうほど驚くべき話です。僕、胸がドキドキしています。でもお義父さん、並行現実とおっしゃいましたけど、過去へタイムトラベルをしたんじゃないんですか」

泰貴は唇を結んだまま、頭を左右に振った。

「いや、あれは単に過去へ戻ったんじゃない。だって過去に戻れば、そこに過去の自分がいるはずだろう。変な言い方だけど、同じ空間に二人の自分がいるはずだ。でもあれは、一人の自分しかいない、やはり並行現実だった。その証拠に、そこで起きたことは、過去に起きたことと違っていた。過去を変えることはできないだろう。だから並行現実だ」

ブナは頷いた。自分だって、サンルイへ乗り移った時、単に地理的な移動をしたのではなかった。明らかに別の現実の相を訪れていた。彼は泰貴に質問した。

「それで、お義母さんと愛の告白をし合った後は何が起きたんですか」

泰貴は小さな溜息を漏らした。

「その後は何もない。気がついたら意識も体もこっちに戻っていた。呆気なく、まるで儚い夢から目覚めたみたいに。でも何度も言うように、それは夢じゃなかった。とにかく俺としてはあまりにも混乱していたから、その時はブナに何も言わなかった。すべてを受け入れ、こうして言葉にできるようになるまで一ヵ月近くかかった。でもね、ブナ以外の家族にはこの話をするつもりはない。孤独な老人の憐れむべき妄想と片付けられてしまうのが関の山だから。でもなぜか、ブナなら信じてくれるような気がして話したわけだ。この店で起きたことだしね」

ブナは大きく頷いてみせてから、しばし思案に耽った。旅先も、再会した相手も、また再会の内容も異なっているが、本質的には泰貴は川端恵美と同じ体験をしていた。いや、川端恵美だけじゃない。ブナ自身も似たような再会の旅を果たしていた。ただ、時間軸を真横へ移動して現在に留まったブナと川端恵美とは違って、泰貴は過去の世界を訪れた。

またその旅と、足裏への刺激を結びつけて考えていない様子だった。いつもとは違う一点を押されたことに気づいていない。そこも異なっているが、ブナはそれに触れる必要はないと考えた。もっと大事なことがあった。

「お義父さん、本当のことを言えば、とても信じられる話じゃないです。でもお義父さんがそういうことが実際に起きたとおっしゃるなら僕は信じようと思います。それでどうですか、愛の言葉を交わす夢が叶えられて、気持ち的には少し楽になったんですか」

泰貴はふと、両目に涙を浮かべ、唇を微かに震わせた。

「楽というもんじゃないよ、ブナ。俺は生き返ったんだ。多枝子が亡くなってからあれだけ俺を苦しめていた悔恨の情が思いも寄らぬ形で取り消されて、ようやく普通に呼吸ができるようになった気分だ。彼女の瞳にあった輝きや、二人で山の頂上で共有した親密な時間を思い出すと、心が深く満たされる。もう、思い残すことはない。俺は初めて彼女の死を受け入れることができた感じがする。胸に抱いている寂しい感情は残りの人生ずっと変わらないと思うけど、その寂しさとそれなりに穏やかに付き合っていくだけの喜びと勇気をもらった。この世で一番愛している人にその気持ちを伝えることができたから」

ブナは微笑んだ。「謎の並行現実の世界でね」

泰貴は少し照れ臭そうに笑みを返した。

「そう、謎の並行現実の世界で」

第二十八章

執拗とも言える視線を感じてキーボードから顔を上げると、レイラは強い好奇心と、安心感が入り混じった独特な目つきでこちらを見ていた。この頃、上品なシャム猫は、シャム猫にしては珍しく、応援するような眼差しを向けるようになった。きっと調子がいい証だろうと菊池直樹は解釈した。そういう空気の微妙な震えに対して猫は敏感だから。

お昼に外でタコライスを食べてから、ここ四時間ぶっ続けて快調に文章を書いていた。小説の冒頭に漆黒の宇宙を音なく切り裂く無数の巨大隕石の様子を描き、象が間違って踏んだ蟻塚の蟻のように大慌てしながら地球の終わりに戦《おのの》く人類の心の模様も綴った。言葉は面白いように脳に浮かび、キーボードを打つ指が追いつかないほどだった。自分の発想の独創性に――あるいは独創的に見える趣に――酔いしれて、直樹は執筆を心底から楽しんでいた。その充実感にレイラは敏感に気づいたのだろう。

午前中にブナの施術を受けたが、あれから何時間も経つというのに、足だけではなく、体全体が軽くて、肩と首のこりを少しも感じない。休憩を挟むことにして、直樹はレイラに近づき、同じソファに腰かけて背中を丁寧に撫でた。あの世界の名も知らない猫の背中を撫でた時のように。そうしながら、ブナと交わした言葉をぼんやりと思い出した。

「足のオアシス」を訪れるのは、三十年後の自分と邂逅してから初めてだった。

それにはわけがあった。ブナの施術中に起きた未来のマトリックスへの珍奇なワープはあまりに奇妙奇天烈で、同時にあまりにも強い刺激に満ち溢れていたため、それを自分の中でどう処理していいか分からず、何日も何日も考え込んでいた。やがて自分なりの結論が出た時、今度はブナが休暇を取っており、次の予約が取れるまで大分間が空いてしまった。

朝、ブナと会った時、直樹は心の中で予め出方を決めていた。

ヨニモス後の世界へ旅した事実も、そこで垣間見た自分の未来像も、何もかも秘密にしておくべきだと判断した。どう転んでも信じてもらえそうになかったからというだけではない。自分の体験にまつわる何らかの情報が漏れてしまうことを恐れ、それをどうしても避けたかった。もしも本当に、三十年後の自分が予言したように、ヨニモス後の文学を担う人気作家になるなら、オリジナリティーを怪しまれるような変な噂の対象にはなりたくない。未来を知る人間の存在はずっと秘密でなければいけない。余計な発言は災いの元。

直樹はそう考えていた。

ところが、ブナは彼の足の表情にすぐ気づいた。

「菊池さん、どうしたんですか、この綺麗な足？ 血色もいいし、張りもいいし、とても前向きで純真な表情をしています。前回に比べてまるで別人のようですよ」

直樹は苦笑して、ブナにすべてを隠すのはさすがに無理だろうと考え直した。そこで、核心に触れないように注意しながら答えた。

「やはりブナさんには分かりますね。はい、この前に比べたら大分元気を取り戻しています。というか、これまでになく精力的な気持ちになって、ものすごい創作意欲に燃えています。今は新しい小説を、それもフル回転で書いています」

ブナは施術の手を休めなかったが、怪訝そうに片方の眉を吊り上げた。

「それはとても嬉しいことですけど、よくこんな短時間で立ち直れましたね。何か具体的なきっかけでもあったんですか。心が急に晴れるような？　だってこの前は、本当に奈落の底という感じでしたよ」

直樹は返答に困った。

「確かにあの時は激しく混乱して、悲嘆に暮れていました。しかしちょっと冷静になったら、あれは慌て過ぎで、過剰に反応したと反省しました。決定的なきっかけがあったわけじゃないですけど、ハワイに行っていらした間にじっくり考えました」

ブナが妙に無表情で見つめ返したので、少し迷ってから直樹は続けた。

「ブナさん、カーネルサンダースの話は聞いたことがありますか」

ブナは一瞬考えた。「カーネルサンダース？　ケンタッキーフライドチキンの創業者ですよね、確か。いや、特に何も聞いていませんけど」

「実はアメリカではほぼ伝説と言えるほど有名な話です。それまでカーネルサンダースがいかなる人生を送ったのかよく知りませんけれども、六十五歳で事業を起こしたらしいですよ。万人受けする最高に美味しいチキンのレシピを考案して、おんぼろ車に乗り、二年間に亘って全米のレストランを回ったんです。しかしうまく行きませんでした。どこに足を運んでも、どんなに熱心に、誠意を込めて相手を説得しようとしても、彼は断られました。いつまで経っても断られ続けました」

直樹はグーグルの記憶を手繰り寄せながら続けた。

「二年の間に、なんと一〇〇九回も断られたと言われています。その間中ずっとおんぼろ車で寝泊まりして、朝になれば白いスーツの皺を伸ばし、次のレストランに行ってはまた断られました。まあ、一〇〇九回というのはやや誇張された数字かも知れないけど、二年間で毎日一度断られたとしたら、七〇〇回以上は失敗したという計算になります」

ブナは急に、悪戯っぽい表情を見せた。

「こう言っては酷なんですが、よほど売り込み方が下手だったんじゃないですか」

「僕もそういう気がしないでもないですけど、公式発表では一〇一〇回目にしてやっと成功するまで諦めなかったのは、賞賛に値する努力ですよ。普通の人間だったら、とてもそんな真似はできません。普通に考えたら、一〇〇〇回どころか、一〇〇回くらい断られたら挫折してしまいますよね。いや、大抵の人は十回で挫けてしまうでしょう。しかしカーネルサンダースは過去の失敗の数じゃなくて、未来に一度成功した時の喜びと達成感だけに意識を集中させた人です。よほど信念を持っていたんでしょうね。そして彼の無類の粘り強さのおかげで、世界中の人々は今もケンタッキーの旨いチキンをエンジョイしているわけです」

直樹は苦笑した。

「まあ、僕がブナさんの店でケンタッキーの宣伝をしてもご褒美はきっと何も出ないでしょうけど、物書きとしてカーネルサンダースを見習うべきだとつくづく思います。一回断られただけであんなに落ち込んでしまった僕は滑稽なお騒がせ男でした。みっともないですよ。カーネルサンダースの失敗の回数は作り話かも知れませんけど、彼が還暦を過ぎてから、並々ならぬ努力を重ねながら、逆風にもめげず決して頓挫しなかった結果、偉業を成し遂げたことは事実です。彼の物語は僕にとって美しき大器晩成の物語として大いに刺激になっています」

ブナは再び何かを言いたげな表情で質問を挟んだ。

「カーネルサンダースの武勇伝はいい話ですね。今の菊池さんにぴったりじゃないですか。そのお話を誰から聞かされたんですか」

直樹は動揺した。気のせいか、何かを見抜かれているような聞き方だったが、それだけではない。ブナの質問には本人ですら意識していない二重の意味があった。

つまりカーネルサンダースの話をなぜ知っているのかと言えば、それは三十年後の自分が別れ際に謎めいた言葉を残したからだ。しかし彼の方は果たしてなぜその話を知っていたのか。過去の自分に教えたのをずっと心に留めていたからか。中年の頃に言われたのを年寄りになっても思い出していたからか。どっちが発端でどっちが結果なのだろう。鶏と卵のような話だが、じっくり考察に耽っている場合ではなかった。

直樹は慌ててブナの問いに答えた。

「人に教えてもらったんじゃないです。家にあった古いアメリカの雑誌を手にして、その中でたまたま目にした記事から知りました。とにかくそれに支えられて、僕は心機一転、今は再び文章を書いています。挫けずに新しい小説に取り組んでいます」

ブナはさっきと似たような、訝るような表情で感想を述べた。少しからかうような、あるいは何かを追究するような口調で。

「雑誌の記事を除けばなんの具体的なきっかけもなく、僕がたった十日間ハワイにいた間に菊池さんの気持ちがそこまで変わったのはまるで奇跡のようですね。それこそ不死鳥の魂ですね。因みに小説は何について書いていますか」

菊池直樹は心がもう一度大きく揺れるのを覚えた。ブナはやはり何かに勘づいている。確信に近いそんな印象を受けて、直樹は再び迷った。

ブナにだけ、未来の自分に会ってきたという信じがたい奇談を打ち明けてみるべきだろうか。ブナなら真摯に耳を傾けてくれるかも知れない。また頼めば、きっと他言はしないだろう。それに何しろ、彼の施術中に起きたことだ。

直樹は目を閉じたまま、不自然な沈黙が流れるのを意識した。

空を飛ぶ車、アンドロイド、モバイル通信の終焉、小説家として成功した未来の自分。そんなことをすべて包み隠さず語ることができたら、きっと楽な気持ちになるだろう。さっぱりするのだろうと思案した。

しかし結局、直樹は誘惑に負けなかった。ヨニモスの世界をここで暴いてはいけないと彼は改めて自分に言い聞かせた。時が来れば、不特定多数の読者にその世界にまつわる魅力的な物語を提供することこそが自分の使命だ、それまでは我慢しよう、と彼は思った。そしてなるべくさり気ない声でブナの最後の質問にだけ答えた。

「新しい小説は、ちょっと恐いＳＦファンタジーになりそうです。タイトルは『隕石』にしようと考えています」

エピローグ

近年では広く認識されるようになった事柄だが、日本には実に多くの外国人が暮らし、様々な職業に就いている。

この小説に出てきたブナ・ウンダイもその一人だ。彼は今も各駅停車しか停まらない庶民的な商店街で足もみの店を経営している。時代が令和に変わったのに合わせて、今はスピーカーからは平成の名曲が流れていることだけが前と違う。

一方、妻の幸子の当初の心配はほぼ杞憂に終わり、黒人であることが原因で大きな問題に直面したことは、今のところ皆無に等しい。ごく稀に、予備知識を持たずに飛び込みで店に入る客は驚いた反応を見せる。場合によって、パンチパーマ男のように、差別的な暴言を吐く人もいる。そういう時、ブナは単に縁がなかった、残念だが仕方がない、と諦めることにしている。排他的な人の心はそう簡単には変わらない。

しかしそれを除けば、皆に親しまれながら、彼は屈指の民間療法である台湾生まれの生竹療法を施しながら、多くの人の健康上の問題を改善し、また他では味わえないような寛ぎと癒しを提供している。

そして時々、本当にその必要があると判断した人に限って、再会の旅を促す足裏の謎の一点を押すことがある。せいぜい年に二、三回という程度だ。

並行現実の世界へ移動し、そこで大切な人との感動的な再会によって心が洗われる、あるいは救われる人は大概その体験についてブナに報告する。そう、躊躇いながらも、彼らはすべてを打ち明ける。しかし中には自分の心のうちにそっと仕舞い込んだまま日常に戻っていく人もいる。いずれにせよ、その摩訶不思議な体験をした者はそれで人生が決定的に変わってしまう。

まずブナ自身は、あれからメッセンジャーでラミンと連絡を取り、二人は毎日のようにお互いの日常について情報を交換し合っている。またブナは年に一回、十日ほどの休みを取って、サンルイで年老いた両親とラミンと親密な時間を過ごすようになった。

川端恵美は、待望の長男が生まれて、今は二人目を身ごもっている。彼女もブナと同様、現実の世界でメッセンジャーを通して青羽龍一と定期的に連絡を取り合っている。また夫に初恋の人の存在を打ち明けたので、子供たちが大きくなったら、家族でボストンに遊びに行く計画まで立てている。

一方の泰貴は、孝が紹介してくれた麻雀のサークルに入り、毎日新しい仲間に囲まれて会話を楽しんでいる。ゲームに熱中するだけではなく、時々皆で小旅行に出かけることもあり、多枝子を失った悲しみを抱えつつも、心は安定している。

『隕石』が空前のベストセラーとなり、人気作家になった菊池直樹は、ヨニモスの到来をわくわくと待ちつつ、こつこつと原稿を書き溜めている。そんな彼を、レイラは優しい眼差しで静かに見守っている。

因みに、瞬間移動をした後、傾向として、大抵の人は「足のオアシス」に通わなくなる。理由は定かではないが、往々にしてそうなってしまう。そのため、心の平安をもたらす幻の旅を誘発することと引き換えに大事な客を失いかねないことを知っているブナは、毎回難しい決断を迫られる。しかし結局、感動を与える選択をする。

いずれにせよ、目的がなんであろうと、「足のオアシス」はとても素敵な店だ。ＢＧＭの趣味もなかなかいい。興味があればインターネットで検索するといい。

スマホがまだ使えるうちに――。

あとがき

スイス人であることを除けば、私の小説家としての歩みは、この作品に登場する菊池直樹のそれによく似ています。デビュー作で大きな脚光を浴びたものの、その後の道のりは決して平坦なものではありませんでした。20年以上コツコツと日本語で小説を書き続けて、大手出版社から幾つもの作品を世に出しましたが、今回、ごく控え目に表現して、険しい茨の道でした。原稿を見てくれたある編集者からは「小説を読んで心が温かくなるのは久しぶりだが、今は本が売れないのでうちでは厳しい」と言われました。一方で「是非出したい」と前のめりだったにも関わらず、その後、待てど暮らせど音沙汰がずっとなかった編集者もいました。また幾度も門前払いを喰らって、原稿を最初から読んでもらえなかったり……。

これは私に限った現象なのか、それとも、今日の日本の出版業界を取り巻く状況の反映なのかは分かりません。ただ、とりわけ文芸書が売れない昨今、新人作家はおろか、実績のある作家にとってさえ、出版社の敷居が非常に高くなっているのは確かだと思います。もしかすると、今や読者の数より、小説家志望者の数の方が多いのかもしれませんが、いずれにせよ、今回私は、小説家になる以上に、小説家であり続けることの大変さをひしひしと思い知らされました。

それでも、私としては大切なものを書いた作品なので発表だけはしてみたいとの思いから、実験的にWEB小説の「カクヨム」に出してみました。読者から多くの好意的なレビューを頂き、嬉しく思う一方、物体としての本をこよなく愛する私としては、満たされない気持ちもありました。

私はとうとう、心が折れかけ、マネージャーであり親友である（株）スピリコの田邊雅勇社長に、「もういい加減、筆を折って楽になろうかな……」と弱音を吐きました。それを聞いて、私の作品をいつも高く評価してくれる彼は、行動を起こしました。昔から付き合いのあった出版社（株）リベラル社の隅田直樹社長と連絡を取り、この小説をなんとか世に出す方法はないかと相談してくれたのです。小説を読んで隅田社長は興味を示し、田邊さんにこう提案しました。「共同制作という形で出しませんか。うちで本を宣伝して、書店に対して対面で営業もかけ、アマゾンを含めて流通に乗せますが、その代わりにスピリコの方で本のデザインを担当し、印刷面での負担もして欲しい」。

「ノブレスオブリージュ」（位高ければ徳高きを要す）を座右の銘にする田邊さんは快諾してくれました。問題は、実用書を専門に扱っているリベラル社には文芸編集の経験者がいないため、内容に関してはこちらの方でいわゆる「完パケ」にしなければならない、という条件がついたことです。

さてどうするか、と私は頭を抱えました。ところがある時ふと、かつて私の小説を担当したS社の森田裕美子さんという優れた編集者がフリーになられたことを思い出したのです。そこで、藁をも縋る思いで電話を入れてみると、「取り敢えず原稿を読ませて下さい。

その上で判断します」とのこと。そして数週間後に、「面白かったですよ。ブナが気に入ったのでやりましょう」とメールが届き、力を貸して頂けることになりました。

さらに、昔から敬愛する小説家の小川洋子さんに出版前の原稿をお読み頂いた上、素晴らしい帯を書いて頂くという幸運にまで恵まれました。こんな名誉なことはありません。

このように、ブナの物語はいろいろな方のかけがえのない繋がりの賜物として、それも極めて手作り的な形で、一冊の本になりました。こういう形で読者の皆さんに読んで頂けるのは作者として望外の喜びです。この場を借りて、支えて下さった前述の四名の方々に深く感謝を申し上げたいと思います。本当にありがとうございました。

デビット・ゾペティ

この作品は書き下ろしです。

デビット・ゾペティ　David Zoppetti

1962年、スイス生まれ。高校時代から独学で日本語を学ぶ。90年、同志社大学（国文学専攻）卒。91年、初の外国人正社員としてテレビ朝日に入社。96年、『いちげんさん』ですばる文学賞を受賞、芥川賞候補となる。同作品は映画化される。98年、執筆に専念するためにテレビ朝日を退社。他の著書に『アレグリア』、『旅日記』（日本エッセイスト賞受賞）、『命の風』、『不法愛妻家』、『旅立ちの季節』など。日本語で執筆を続けながら若石健康法のリフレクソロジストとしても活動中。

奇跡のタッチ

二〇二三年一月二十五日　初版発行

著　者　デビット・ゾペティ
発行者　隅田直樹
発行所　株式会社　リベラル社
〒四六〇-〇〇〇八
名古屋市中区栄三-七-九　新鏡栄ビル八階
TEL　〇五二-二六一-九一〇一
FAX　〇五二-二六一-九一三四
http://liberalsya.com
発　売　株式会社　星雲社（共同出版社・流通責任出版社）
〒一一二-〇〇〇五
東京都文京区水道一-三-三〇
TEL　〇三-三八六八-三二七五
編集・装丁　株式会社スピリコ
印刷・製本所　株式会社　シナノパブリッシングプレス

ISBN978-4-434-31553-4　C0093

「はい、お疲れ様でした。以上で終了となります」